わたしたちの帽子

高楼 方子 作
出久根 育 絵

もくじ

わたしたちの帽子《ぼうし》

第1章　古《ふる》びたビル

サキは、車《くるま》の窓《まど》をすこしあけて春風《はるかぜ》のにおいをかぎながら、街《まち》の通《とお》りに目《め》をこらしました。あざやかな色《いろ》の服《ふく》やバッグがかざられた、きらびやかなウインドウ、歩道《ほどう》まで花《はな》があふれた花屋《はなや》さんの入《い》り口《ぐち》、なかでくつろぐ人《ひと》たちが見《み》えるティールーム……。そして、そのまえを行《い》きかうたくさんの人々《ひとびと》……。大《おお》きな買《か》い物《もの》づつみをさげた、おしゃれなおばさんたち、ならんでアイスクリームをなめていく若《わか》い人《ひと》たち、どの人《ひと》も、自分《じぶん》たちの家《いえ》からはりきってでかけてきたような、ちょっとよそいきの、はずんだ顔《かお》をしています。そう、ここは、学校《がっこう》や郵便局《ゆうびんきょく》なんかがある住宅街《じゅうたくがい》とは、まるでちがう「街《まち》」なのでした。

（こんなところに住《す》めるなんて思《おも》わなかった）

サキは、目《め》をパチパチさせながら、モダンな背《せ》の高《たか》いビルが立《た》ちならんでいるのを見《み》あげました。

「ねえ、そのビルって、もうそろそろ？」

サキが、となりにすわったお母《かあ》さんにたずねたちょうどそのとき、車《くるま》は、広々《ひろびろ》とした表通《おもてどお》りを左《ひだり》へ曲《ま》がりました。

すると、通《とお》りのたたずまいは、いくらか落《お》ち着《つ》いたものにかわり、耳《みみ》に届《とど》いていたさっきまでのざわめきも、ふとしずかになった気《き》がしました。

「もうすぐよ。ね、晴子《はるこ》さん？」

お母《かあ》さんが、晴子《はるこ》さんの頭《あたま》のうしろにむかってたずねると、

「うん、もうあとちょっと。着《つ》いたも同然《どうぜん》」

と、ハンドルをにぎった晴子《はるこ》さんはいいました。

街《まち》のまんまんなか、というよりも、ちょっとそれた通《とお》りのほうが、住《す》むにはきっといいにちがいありません。いったいどのビルかしら……。サキは、きょ

ろきょろしました。でも車《くるま》は、もう一回《かい》、角《かど》を曲《ま》がりました。

そのとたん、あたりが一度《ど》にしんとしました。裏通《うらどお》りという言葉《ことば》がぴったりの、陽《ひ》のささないその細《ほそ》い通《とお》りには、人《ひと》の姿《すがた》もほとんどありません。そのかわり、コーヒー店《てん》の色《いろ》あせた看板《かんばん》や、何年《なんねん》もおなじ背広《せびろ》を着《き》ているようなマネキンのいるショーケースや、間口《まぐち》のせまい医院《いいん》のドアにぶらさがった、『午後休診《ごごきゅうしん》』のふだなどが、車《くるま》の窓《まど》の横《よこ》を、ゆるゆると通《とお》りすぎていくのでした。

「さあ着《つ》いた！　このビルよ」

車《くるま》を止《と》めた晴子《はるこ》さんが、ふうっと息《いき》をついて、うしろの席《せき》をふりむきました。

「あ、サキちゃんたら、ボーゼンって顔《かお》してる。ま、むりもないか。でも、こう見《み》えてもけっこういいところなのよ。ね、明子《あきこ》さん」

「そうよ、いいところよ」

お母《かあ》さんが、座席《ざせき》の荷物《にもつ》をまとめながら、おざなりに答《こた》えました。

サキは、ちょっとわらってみせました。でも本当《ほんとう》は、さっきまでのはずんだ気持《きも》ちが、あまりにも急《きゅう》にしぼんだので、ひざにのせた鳥《とり》かごに、ぎゅっとしがみつかずにはいられなかったのです。

そこに建《た》っていたのは、だれからも忘《わす》れられたような古《ふる》めかしい灰色《はいいろ》のビルでした。ごつごつした壁《かべ》がところどころはげおち、はめこみガラスのついた入《い》り口《ぐち》の扉《とびら》は、見《み》るからに冷《つめ》たく重《おも》そうで、まるで入《はい》ってこられるのをきらって、にらみつけているようでした。

（うそでしょう……ここなの？　やだ、こわいよ、こんなとこに住《す》むの……）

でも晴子《はるこ》さんは、鼻歌《はなうた》を歌《うた》いながら、てきぱきと車《くるま》を降《お》りると、そのビルの扉《とびら》を、ぐいっと押《お》しあけたのでした。

サキは鳥《とり》かごをかかえ、お母《かあ》さんは両手《りょうて》に大《おお》きな紙袋《かみぶくろ》をさげて、晴子《はるこ》さんのあとから暗《くら》いビルのなかに入《はい》りました。

ビルのなかは、むかしむかしの、湿《しめ》ったようなにおいがしました。そこは玄《げん》関《かん》ホールでしたが、お客《きゃく》さんを感《かん》じよくむかえる気《き》などさらさらなさそうな、ただがらんと暗《くら》いばかりの場所《ばしょ》なのでした。すぐのところに、足《あし》のついた小《ちい》さな掲示板《けいじばん》があり、ビラのようなものが何枚《なんまい》か貼《は》ってあるのも、さびしげでした。

ホールを進《すす》むあいだには、牢屋《ろうや》かと思《おも》うような、格子扉《こうしとびら》がついたエレベーターや、ならんだ郵便箱《ゆうびんばこ》や、むかしのものらしい展覧会《てんらんかい》のポスターなどが、ぼんやりと見《み》えました。ドアもいくつか見《み》えましたが、物置《ものお》きなのか、人《ひと》の住《す》まいなのか、とんとわかりません。

やがて晴子《はるこ》さんは、太《ふと》い木《き》の手《て》すりがついた階段《かいだん》をのぼりはじめました。冷《つめ》たい石段《いしだん》がコッコッとひびきました。

晴子《はるこ》さんというのは、このビルの一室《しつ》で小《ちい》さな画廊《がろう》を営《いとな》んでいる、お母《かあ》さんのともだちです。

――「画廊《がろう》のとなりの部屋《へや》、空《あ》いてるわよ。家具《かぐ》つきの部屋《へや》だし、ひと月《つき》くらい住《す》むなら、ちょうどいいんじゃない？」――

晴子《はるこ》さんが電話《でんわ》でお母《かあ》さんにいったそのひと言《こと》で、サキたちはこうして今《いま》、晴子《はるこ》さんに案内《あんない》されながら、この階段《かいだん》をのぼっているのでした。そう、住《す》むのはたったひと月《つき》。家《いえ》の改装《かいそう》が終《お》わるまで、臨時《りんじ》に住《す》むだけなのです。ですから、暮《く》らせさえすれば、どんなところだってべつにかまわないのでしたが、それでもやっぱり、ドキドキしました。

（なんて変《か》わった建物《たてもの》なんだろう……）

階段《かいだん》の踊《おど》り場《ば》から、どこかへ伸《の》びた廊下《ろうか》が、うねるようにして暗《くら》やみのなかへ消《き》えていったり、かと思《おも》うと、高《たか》いところの小《ちい》さな窓《まど》から弱《よわ》い光《ひかり》がふいにさしこんだり、そこは、ただ古《ふる》いというだけではなく、どこか不思議《ふしぎ》なビルなのでした。

三階《かい》までのぼると、晴子《はるこ》さんはやっと廊下《ろうか》を左《ひだり》のほうへ歩《ある》きだし、三つめの黒光《くろびか》りした重《おも》たそうな扉《とびら》のまえで止《と》まりました。そして、大家《おおや》さんからあずかっていた鍵《かぎ》を、鍵穴《かぎあな》にさしこみました。そこがサキたちの部屋《へや》でした。

第2章　タンスのなかの帽子《ぼうし》

「へえ！　なかなかいい部屋《へや》じゃない？」

「……外国《がいこく》の古《ふる》い映画《えいが》の部屋《へや》みたい。ねえお母《かあ》さん、ここって、ほんとに靴《くつ》のまま入《はい》っていいのね？」

「そうらしいわね」

　晴子《はるこ》さんが画廊《がろう》のほうに行《い》ってしまったあと、ふたりは、部屋《へや》を歩《ある》きまわりました。家《か》具《ぐ》付《つ》き、と聞《き》いたとおり、テーブルや食器《しょっき》だなどが置《お》いてありましたが、どれを見《み》ても、古《ふる》びたものばかりです。

　お母《かあ》さんが、頭《あたま》をぐるりとめぐらせて部屋《へや》一面《めん》を見《み》まわしながら、声《こえ》をひそめていいました。

「だけど、この建物《たてもの》って、全体《ぜんたい》に、ちょっとブキミよねえ」

「でもお母《かあ》さん、知《し》ってたんでしょ？　何度《なんど》も来《き》たことあるんでしょ？」

「まあ、来《き》たことは来《き》たけど、いつも画廊《がろう》にまっすぐ行《い》くだけで、ほかのところは素通《すどお》りしてたから、よく知《し》らないのよ」

お母《かあ》さんは、ここから電車《でんしゃ》ですぐのところにある会社《かいしゃ》につとめていたので、仕事帰《しごとがえ》りに晴子《はるこ》さんの画廊《がろう》にちょっと立《た》ちよる、ということが何度《なんど》かあったのでした。――つまり、お母《かあ》さんが会社《かいしゃ》に通《かよ》うには、ここはとても便利《べんり》だったのです。そのぶんサキが電車通学《でんしゃつうがく》をするはめになったのですが、それもちょっとわくわくすることでしたから、街中《まちなか》のビルでひと月暮《つきく》らすという案《あん》には、おおいに賛成《さんせい》だったのです。それなのに、この建物《たてもの》ときたら……。

でも、部屋《へや》のなかを靴《くつ》のまま歩《ある》きまわるうちに、楽《たの》しみだったはじめの気持《きも》ちが、じわじわともどってきました。暖炉《だんろ》だってあるし、となりの部屋《へや》に、鉄柵《てっさく》のベッドが三つくっついてならんでいるのなんか、病院《びょういん》みたいでちょっとおもしろい気《き》がします。その向《む》こうにある古《ふる》びた大《おお》きなタンスだって……。

サキは、寄《よ》せ木細工《ぎざいく》の模様《もよう》がついたタンスの扉《とびら》をしばらくながめてから、細《ほそ》い金属《きんぞく》の取《と》っ手《て》をにぎって、バンッと開《あ》けてみました。真《ま》っ暗《くら》でした。でも、奥《おく》のほうにじっと目《め》をこらすと、帽子《ぼうし》がひとつ、かかっているのが見《み》えたのでした。

と、そのとき、居間《いま》にいたお母《かあ》さんが声《こえ》をあげました。

「あっそうだ、ちょっと晴子《はるこ》さんのところに行《い》ってくる。すぐもどるわ！」

そしてつづけて、「そうそうサキちゃん、チルルに水《みず》あげといてね！」と言《い》い足《た》すと、バタバタと部屋《へや》を出《で》ていったのです。

鳥《とり》かごのなかの水《みず》が、ここに来《く》るあいだにすっかりこぼれてしまっていたのです。でも、タンスのなかの帽子《ぼうし》がどうしても気《き》になったサキは、いそいでタンスに入《はい》りこむと、背《せ》のびをして、帽子《ぼうし》をつかみました。

それは、葉《は》っぱ模様《もよう》や花模様《はなもよう》のきれを、ざくざくとつなぎ合《あ》わせただけの、おおざっぱな仕立《した》ての子《こ》ども用《よう》の帽子《ぼうし》でした。でも、どこかふんわりわくわくするような帽子《ぼうし》なのでした。そっとかぶってみました。すると、気持《きも》ちまでが、ふんわり、わくわくしてきたではありませんか。扉《とびら》の裏《うら》についた鏡《かがみ》をのぞいてみると、まあ、なんとよく似合《にあ》うこと！

思《おも》わずにっこり、鏡《かがみ》のなかの自分《じぶん》にほほえみかけたサキは、

「ごめんねチルル、今《いま》、お水《みず》あげるからね！」

と、居間《いま》のテーブルに置《お》いた鳥《とり》かごのほうに、やっと明《あか》るい声《こえ》をかけたのです。

「チルチール、チルルンルン！」

サキは歌《うた》いながら、鳥《とり》かごの口《くち》を開《あ》けて空《から》になった水入《みずい》れをとりだすと、流《なが》しでたっぷり水《みず》を入《い》れてから、なかに差《さ》し入《い》れようとしました。

そのとき、広《ひろ》く開《あ》けた鳥《とり》かごの口《くち》から、チルルがぱっと飛《と》び出《だ》したのです。

「あっ、チルル、だめ！」

でも元気《げんき》なチルルは、空色《そらいろ》の羽《はね》を大《おお》きくはばたかせて天井《てんじょう》をぐるぐるまわったと思《おも》うと、まだカーテンが閉《し》められたままだった窓《まど》のほうではなく、部屋《へや》の扉《とびら》のほうに向《む》かったのでした。そしてなんということ、半開《はんびら》きになっていた扉《とびら》から廊下《ろうか》へと飛《と》び出《だ》していったのです。お母《かあ》さんが、きちんとドアノブをまわ

して閉《し》めなかったのでしょう。

「チルル！」

サキも、廊下《ろうか》へ飛《と》び出《だ》しました。

すばやくあたりを見《み》まわしたサキの目《め》に、ちらちら光《ひか》る空色《そらいろ》のかたまりが飛《と》びこんできました。チルルは、すこしばかり明《あか》るい階段《かいだん》のほうをめがけて、羽《は》ばたいていたのです。

「チルル、チルル！」

やさしく呼《よ》びかけながらいそいで廊下《ろうか》をかけ、手《て》をさしだしながら、上《うえ》へつづく階段《かいだん》をそっとのぼりました。ところがチルルは、うれしそうにぐるりとまわったあと、また上《うえ》へと飛《と》んでいきました。

チルルを見《み》のがさないようにしながら、息《いき》を切《き》らせて四階《かい》までのぼり、さらに五階《かい》まで進《すす》んでから、六階《かい》へ向《む》かう階段《かいだん》を見《み》あげました。チルルの姿《すがた》はありませんでした。きっとこの階《かい》にいるのです。左《ひだり》にのびたうす暗《ぐら》い廊下《ろうか》に目《め》をこらしました。いません。右《みぎ》を向《む》くと、すぐそこが、さらに右《みぎ》へ曲《ま》がるらしい廊《ろう》下《か》の角《かど》なのがわかりました。きっとそっちへ行《い》ったのです。

サキは廊下《ろうか》にそって進《すす》みました。曲《ま》がった先《さき》は、ここもうす暗《ぐら》い、まっすぐの長《なが》い廊下《ろうか》でした。でも、やっぱりチルルの姿《すがた》はありません。

（変《へん》……どこに行《い》ったんだろう……どうしよう……）

まるで知《し》らない町《まち》に入《はい》りこんでいくようです。

廊下《ろうか》の左側《ひだりがわ》の壁《かべ》には扉《とびら》がならんでいました。緑《みどり》の扉《とびら》の次《つぎ》には、すり硝子《がらす》の扉《とびら》、その次《つぎ》は、『猫《ねこ》の事務所《じむしょ》』などという、おかしな表札《ひょうさつ》をかけた扉《とびら》です。でも、扉《とびら》はどれもみな冷《つめ》たく閉《と》じていて、人《ひと》のいる気配《けはい》はありませんでした。廊下《ろうか》の先《さき》は行《い》き止《ど》まりらしく、手品師《てじなし》のようなシルクハットをかぶったおじさんの大《おお》きな絵《え》がかかっていました。

と、その絵《え》に近《ちか》い、いちばん奥《おく》の部屋《へや》の白《しろ》い扉《とびら》がすこし開《ひら》いているらしいのがわかりました。サキは足《あし》を早《はや》めました。すると、かすかな歌声《うたごえ》が聞《き》こえたのです。

「……ぱたぽんぱたぽん……わたしのぼうし」

サキは、開《ひら》いたドアのすき間《ま》から、そっとなかをのぞきました。

（あっ……）

第3章　不思議《ふしぎ》な女《おんな》の子《こ》

どこもかしこも真《ま》っ白《しろ》い、なにもない明《あか》るい部屋《へや》のなかに、横《よこ》を向《む》いた女《おんな》の子《こ》がひとり、立《た》っていました。白《しろ》いブラウスにふんわりとまるい緑色《みどりいろ》のスカート、しかも肩《かた》までのびたちぢれ毛《げ》の髪《かみ》には、サキとおなじ帽子《ぼうし》がのっているではありませんか。そして、その子《こ》の指先《ゆびさき》に、チルルがいたのです。まるでその子《こ》の歌《うた》をじっと聞《き》いているみたいなかっこうで、ちょっと首《くび》をかしげて。

「チルル……」

何秒《なんびょう》かすぎてから、サキはようやくチルルを呼《よ》びました。その子《こ》は歌《うた》いやめて、くるっとサキのほうをふりむきました。アーモンドのような目《め》……と思《おも》うと、その目《め》がぱっとか

がやき、女《おんな》の子《こ》がほほえみました。サキは、白《しろ》い部屋《へや》のなかに、足《あし》をふみいれました。

その子《こ》の前《まえ》まで進《すす》み、チルルのほうに人《ひと》さし指《ゆび》をさしだすと、チルルはピイピイと張《は》りのある声《こえ》をあげながら、女《おんな》の子《こ》の指《ゆび》からサキの指《ゆび》へと、ちょんと跳《と》びうつりました。ああ、ほっとしました！　サキは、手《て》のひらで、やわらかい空色《そらいろ》の羽《はね》をそっとつつみこみ、大《おお》きな息《いき》をついて言《い》いました。

「よかった、チルル！」

するとその子《こ》は、

「チルルっていうの？　かわいいね」

と、チルルに顔《かお》をよせてささやくように言《い》い、にこっとわらいました。

その子《こ》の笑顔《えがお》を見《み》たとたん、サキはドキドキするほどうれしくなり、胸《むね》がいっぱいになりました。チルルがみつかったばかりではなく、こんな女《おんな》の子《こ》に、ばったり出会《であ》うなんて！

——こんなところに子《こ》どもがいたなんて！　しかも、ぜったいともだちになりたいような子《こ》！　ああしかも、おなじ帽子《ぼうし》をかぶってるなんて、どういうわけなの？　ね、その帽子《ぼうし》どうしたの？　名前《なまえ》なんていうの？　どうしてここに立《た》ってたの？　住《す》んでるの？――

言《い》いたいこと聞《き》きたいことが、今《いま》にもあふれ出《だ》しそうなのに、かえって言葉《ことば》になりません。それに、扉《とびら》を開《あ》けはなしたままとびだしてきた部屋《へや》のことも、気《き》になります。

サキは、女《おんな》の子《こ》に向《む》かって、いきなり早口《はやくち》でまくしたてました。

「お願《ねが》い、ちょっと待《ま》っててくれる？　あたし、すぐもどって来《く》るから！」

その子《こ》の返事《へんじ》も待《ま》たず、チルルを両手《りょうて》で守《まも》るようにしながら、サキは白《しろ》い部屋《へや》を出《で》てかけだしました。

サキたちの部屋《へや》の扉《とびら》が、開《ひら》いたままになっているのが見《み》えました。あわててなかに入《はい》ると、だれもいない部屋《へや》は、出《で》たときのまま、しんとしていました。でも、チルルをかごに入《い》れてしまうと、お母《かあ》さんがまだもどっていないのがじれったくなりました。このまま、だまって遊《あそ》びにいくのはまずいでしょう。

「すぐもどるって言《い》ったくせに、もう！」

サキは、一刻《こく》も早《はや》く、女《おんな》の子《こ》のところへ行《い》きたくてたまりませんでした。いそがなければ、あの子《こ》が消《き》えてしまうような気《き》がするのです。

「ああん、もう、お母《かあ》さんたら！」

待《ま》ちきれなくなったサキが、お母《かあ》さんを呼《よ》びに行《い》こうと、部屋《へや》を一歩出《ぽで》たちょうどそのとき、お母《かあ》さんが廊下《ろうか》の突《つ》きあたりのドアから出《で》てくるのが見《み》えました。

「あ、お母《かあ》さんあのね、あたしちょっと上《うえ》に行《い》ってくる、あたしくらいの子《こ》がいんの！」

早口《はやくち》でさけぶように言《い》うと、くるりときびすを返《かえ》し、サキは、階段《かいだん》めがけて走《はし》りました。

「え、なんだって？　どこ行《い》くの？」

でもお母《かあ》さんは、石段《いしだん》を駆《か》けあがるサキの足音《あしおと》を聞《き》いただけでした。

サキは息《いき》を切《き》らせながら、一気《いっき》に五階《かい》までのぼり、廊下《ろうか》の角《かど》を曲《ま》がってつきあたりまで走《はし》りました。

白《しろ》い扉《とびら》は閉《し》まっていました。金属《きんぞく》のまるいドアノブをそっとまわしてみましたが、まわりませんでした。

不思議《ふしぎ》な感《かん》じにつつまれたまま、サキはしばらくぼうっとその場《ば》に立《た》ちつくしました。ふと横《よこ》を向《む》くと、手品師《てじなし》のおじさんと目《め》が合《あ》ったので、どきっとしました。底《そこ》なし沼《ぬま》のような深《ふか》い目《め》をしたおじさんは、まるで、「わあい、だまされたっ、だまされたっ……！」といってわらってでもいるように、絵《え》のなかからサキをじっと見《み》ているのでした。サキはこわくなって、今来《いまき》た廊下《ろうか》を引《ひ》きかえしました。

「ああ、帰《かえ》ったのね！　ねえいったい、どこに行《い》ってきたの？　さっきだれかがいたとか言《い》わなかった？　それにどしたの、その帽子《ぼうし》」

カーテンを開《あ》け、さっきより明《あか》るくなった部屋《へや》のなかで、お母《かあ》さんは、紙《かみ》ぶくろから荷物《にもつ》をとり出《だ》したりしながら、立《た》てつづけに質問《しつもん》しました。

（女《おんな》の子《こ》がいたの、でも、消《き》えちゃったの……）

心《こころ》のなかでそうつぶやきながらも、なぜか、声《こえ》に出《だ》して言《い》う気《き》には、なれませんでした。あんなに心《こころ》をこめて「待《ま》ってて」って言《い》ったのに、待《ま》っていてもらえなかったことが、サキをかなしい気持《きも》ちにさせていました。でもそればかりではなく、自分《じぶん》だけがとくべつに出会《であ》った、秘密《ひみつ》にしておきたい子《こ》のような気《き》もしたのです。

「べつに。ちょっと階段《かいだん》のぼってみただけ。この帽子《ぼうし》は、そこのタンスに入《はい》ってたの」

サキはぶっきらぼうに言《い》って、帽子《ぼうし》を脱《ぬ》ぎました。

「どおりで古《ふる》そうな帽子《ぼうし》だと思《おも》った。前《まえ》の人《ひと》が忘《わす》れていったのね。でもまあ、しばらくだれも住《す》んでなかったっていうんだから、大家《おおや》さんに届《とど》けてもねえ……。ちょうど今《いま》、大家《おおや》さんがビルにいらしてるそうなの。ちょっとあいさつに行《い》こうと思《おも》うんだけど、いっしょにくる？」

「行《い》く」

宙《ちゅう》ぶらりんの気持《きも》ちだったサキは、すぐに答《こた》え、それからいそいで言《い》い足《た》しました。

「でも、帽子《ぼうし》のことはだまっててね。あたし、これ気《き》に入《い》ったんだもん、すごく」

こうしてサキは、お母《かあ》さんといっしょに、さっきの玄関《げんかん》ホールまでおりてきました。

暗《くら》いホールのすみにあったドアが、大家《おおや》さんの部屋《へや》の玄関《げんかん》でした。もっとも、ふだんはべつの家《いえ》に住《す》んでいて、ここにはときどき立《た》ちよるだけなのだそうです。

呼《よ》び鈴《りん》を押《お》すと同時《どうじ》に、非常《ひじょう》ベルのようにけたたましい音《おと》がなかで鳴《な》るのが聞《き》こえ、まもなく、ぽつぽつと穴《あな》のあいた金属《きんぞく》のプレートから、年配《ねんぱい》の人《ひと》らしい「はい」という高《たか》い声《こえ》が聞《き》こえました。お母《かあ》さんが名乗《なの》ると、

「開《あ》いてますから入《はい》ってらして。ずっと入《はい》ってらして」

と、声《こえ》がつづきました。

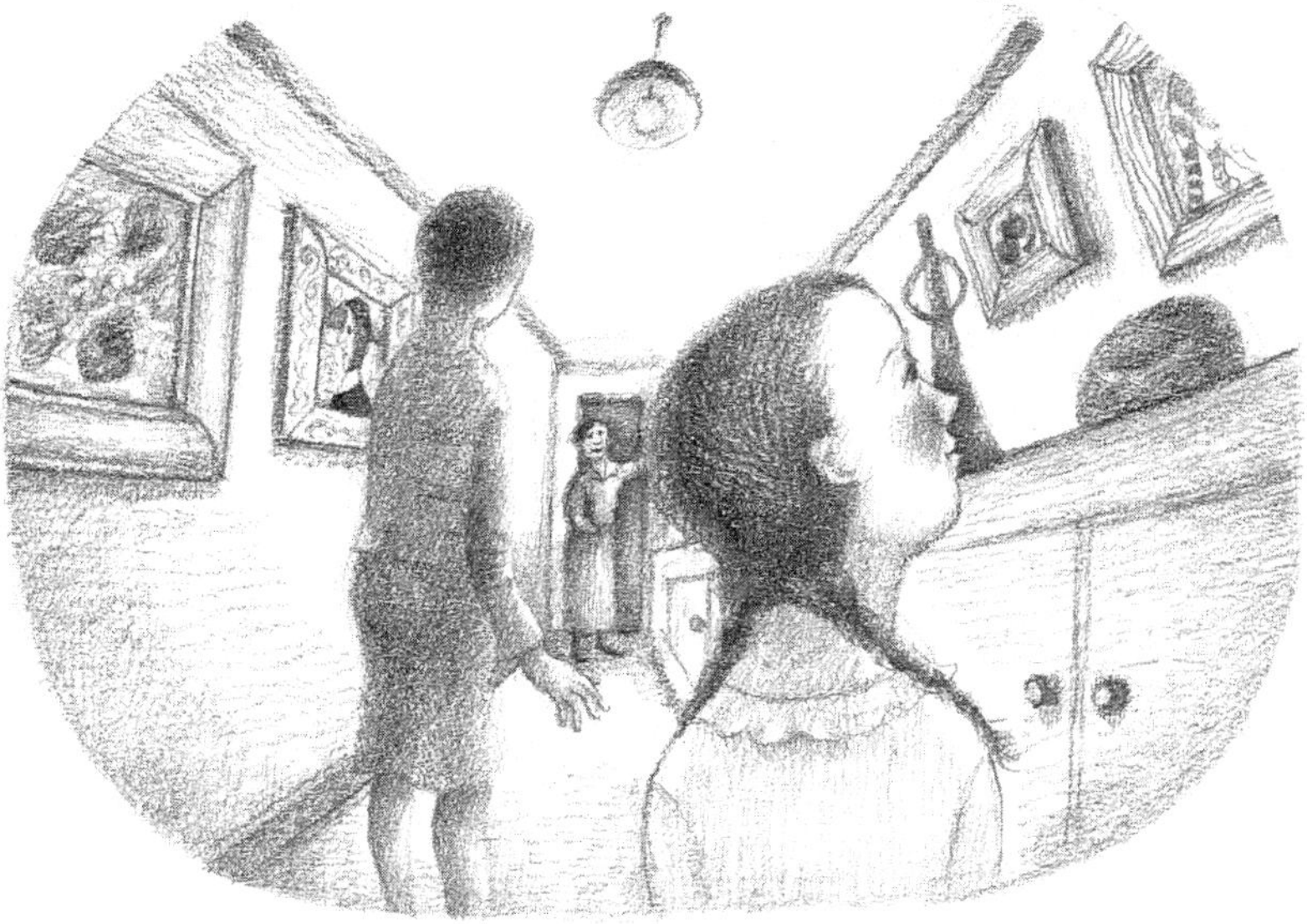

なかには、靴《くつ》を脱《ぬ》いだりするところはやっぱりなく、いきなりじゅうたん敷《じ》きの通路《つうろ》になっていたので、ふたりは、「ずっと入《はい》ってらして」と言《い》われたとおり、進《すす》んでいきました。通路《つうろ》の壁《かべ》には、ところせましと絵《え》が掛《か》けられ、壁《かべ》際《ぎわ》の物入《ものい》れの上《うえ》には、彫刻《ちょうこく》らしいものがのっていました。ふたりは、つきあたりの部屋《へや》に入《はい》りました。

　サキは、お母《かあ》さんが、大家《おおや》さんとならんで立《た》ったまま、あいさつをしたり、家賃《やちん》の振《ふ》りこみのことやらを話《はな》しているあいだ、部屋《へや》のなかを見渡《みわた》しました。部屋《へや》といっても、そこは、事務的《じむてき》なことをするための控《ひか》え室《しつ》のようなところで、小《ちい》さな事務机《じむづくえ》のほかは、木《き》の長椅子《ながいす》とかざり棚《だな》があるばかりでした。でも、ここの壁《かべ》にも、やっぱり絵《え》がたくさん掛《か》かっていましたし、かざり棚《だな》には、置物《おきもの》がならんでいました。

そのなかのひとつは、少女《しょうじょ》のブロンズ像《ぞう》でした。下半身《かはんしん》がみょうにまるい、二、三十センチほどのものです。サキは、そのままほかのものに目《め》をうつしかけて、もう一度《ど》、ふと、少女《しょうじょ》の像《ぞう》に目《め》をとめました。全体《ぜんたい》が黒《くろ》っぽいうえ、そこからだとはっきりとは見《み》えないのですが、どうも、帽子《ぼうし》をかぶっているようでした。

そのとき、

「まるで美術館《びじゅつかん》みたいですわね!」

と、お母《かあ》さんが言《い》いました。用事《ようじ》がすんで帰《かえ》ろうとしているところでした。大家《おおや》さんが、壁《かべ》に目《め》をやって、すこしあきれたような口調《くちょう》で言《い》いました。

「これみんな、むかしこのビルの画廊《がろう》で個展《こてん》をされたかたたちの作品《さくひん》なんですの。父《ちち》はせっせと買《か》ったんですね。若《わか》い画家《がか》はたいへんなんだからって。彫刻《ちょうこく》家《か》が住《す》んでたこともありましたから、そんなのも買《か》ったり……。わたしは父《ちち》みたいに物《もの》わかりのいい大家《おおや》じゃないもんですから、今《いま》のかたたちにはお気《き》の毒《どく》なんですの、ほほ……」

大家《おおや》さんは、玄関《げんかん》まで見送《みおく》ってくれるらしく、通路《つうろ》をいっしょに歩《ある》きながら壁《かべ》の絵《え》をながめ、あれはだれそれの若《わか》い頃《ころ》の作品《さくひん》ですのよ、などとおしえてくれました。お母《かあ》さんは、「まあ……」と、さもおどろいたようなあいづちを打《う》ったりしていましたが、きっと本当《ほんとう》は知《し》らない画家《がか》だったのでしょう。そそくさと、あいさつをし、ふたりは、大家《おおや》さんの部屋《へや》を出《で》たのでした。

第4章　朝《あさ》の冒《ぼう》険《けん》

次《つぎ》の朝《あさ》、きしきしいうベッドのなかで目《め》をさましたサキは、うっすらよごれた白《しろ》い壁《かべ》を見《み》て、自分《じぶん》がどこにいるのか一瞬《いっしゅん》わからなくなりました。でも、古《ふる》いビルに引《ひ》っ越《こ》してきたことを思《おも》い出《だ》したとたん、うっとりするような力《ちから》がからだじゅうにあふれてくるのを感《かん》じました。

そう、昨日《きのう》は、あれからまもなく引《ひ》っ越《こ》し屋《や》のトラックが着《つ》き、つづいてお父《とう》さんも早《はや》めに帰《かえ》ってきて、そろって荷物《にもつ》の片付《かたづ》けをしたのでした。家財道具《かざいどうぐ》のほとんどは倉庫《そうこ》にあずけたけれど、持《も》ってこなければならないものも、いろいろありましたから。ふとんをはじめ、冷蔵庫《れいぞうこ》や炊飯器《すいはんき》やテレビなどはここにはないものでしたし、三人分《にんぶん》の衣類《いるい》や、お父《とう》さんとお母《かあ》さんの仕事関係《しごとかんけい》のごちゃごちゃしたものは、どうしても必要《ひつよう》でした。

お父《とう》さんがそこら辺《へん》をうろついていたり、見《み》なれたものが、次々《つぎつぎ》と場所《ばしょ》をふさいでいくのを目《め》にするにつれて、サキは、この部屋《へや》がどんどん自分《じぶん》の家《いえ》になっていく気《き》がして、やっぱりほっとしたのです。夜《よる》になることを思《おも》えば、不《ふ》思議《しぎ》でもぶきみでもない、あたりまえの場所《ばしょ》がいいに決《き》まっていましたから。

けれど、この部屋《へや》がふつうの場所《ばしょ》になればなるほど、ふと頭《あたま》をかすめる、あの女《おんな》の子《こ》の姿《すがた》が、あやふやになっていくのでした。あの白《しろ》い部屋《へや》にいたのは、ぜったいに本当《ほんとう》なのに、本当《ほんとう》ではなかったような、ぼんやりした感《かん》じがするのでした。

（ともだちになりたかったのに……。きっと仲良《なかよ》しになれたのに……）

明日《あした》になったらかならずもう一回《かい》、あの子《こ》をさがしに行《い》こう、きしきしするベッドに入《はい》ったサキは、そう心《こころ》に決《き》めて、ゆうべは眠《ねむ》りについたのでした。

朝《あさ》ごはんを食《た》べながら、お母《かあ》さんが言《い》いました。

「朝《あさ》のうちに、ちょっと会社《かいしゃ》に行《い》ってきたいんだけど、サキもいっしょに行《い》かない？　まだひとりでここでお留守番《るすばん》するの、いやでしょ？」

引《ひ》っ越《こ》しもあったことだし、春休《はるやす》みのあいだだけはなるべく家《いえ》にいられるように、お母《かあ》さんは、仕事《しごと》のやりくりをしていました。それでもときおり、会社《かいしゃ》に出《で》なければならない用《よう》ができました。

「お留守番《るすばん》といっても、そうね、一時間《じかん》ぐらいで帰《かえ》れると思《おも》うの。平気《へいき》かな？　こんど五年生《ねんせい》だもんね」

「平気《へいき》。お留守番《るすばん》する」

サキは、きっぱりと言《い》いました。秘密《ひみつ》の計画《けいかく》にドキドキしながら。

本当《ほんとう》は、「部屋《へや》でいい子《こ》にしている」約束《やくそく》でした。でも、お母《かあ》さんが会社《かいしゃ》に出《で》かけたとたん、サキは、思《おも》いきって部屋《へや》を出《で》たのでした。ちゃんと鍵《かぎ》をかけ──学校《がっこう》がはじまったら必要《ひつよう》になるからと、合《あ》い鍵《かぎ》をもらっていたことが役《やく》に立《た》ちました――そしてもちろん、ちゃんと帽子《ぼうし》をかぶって、そっと階段《かいだん》をのぼっていったのです。

踊《おど》り場《ば》を通《とお》るとき、サキは、ちょっとぞくっとしました。昨日《きのう》は、あまりにあわてていたせいで、気《き》にとめている余裕《よゆう》がなかったのですが、こうしてゆっくりのぼっていくと、三階《かい》から四階《かい》へ行《い》く途中《とちゅう》にも、四階《かい》から五階《かい》へ行《い》く途《と》中《ちゅう》にも、アーチ型《がた》にえぐられた踊《おど》り場《ば》の壁《かべ》の向《む》こうに、べつのほうへのびている廊下《ろうか》があったことに、いやでも目《め》が行《い》きます。するとまるで、深《ふか》いどうくつの入《い》り口《ぐち》のまえを通《とお》りかかったような感《かん》じがし、それを背《せ》にして、さらに階段《かいだん》をのぼっていくときには、なんだかうしろが寒《さむ》いような、落《お》ちつかなさを覚《おぼ》えるのでした。

(この建物《たてもの》って、ほんとに変《か》わってる……)

そんなことを思《おも》いながら、五階《かい》へとのぼる石《いし》の階段《かいだん》に、また足《あし》をかけたときでした。

ピップー。

口笛《くちぶえ》の音《おと》に、サキは顔《かお》をあげました。すると、階段《かいだん》をのぼりきったところに、あの子《こ》が立《た》っていたではありませんか。アーモンドのような目《め》をきらきらと見《み》開《ひら》いて、手《て》をふりながら。そして、今日《きょう》もやっぱり、帽子《ぼうし》をかぶっていました。

サキは、もうとたんにうれしくなってかけあがりました。

その子《こ》が、サキとおなじくらいおどろき、おなじくらいよろこんでいることは、そのようすからわかりました。

「もう会《あ》えないかと思《おも》った！」

と、その子《こ》はサキをみつめて言《い》いました。

「あたしだって！」

サキは力《ちから》をこめて言《い》いました。

ふたりは、そんなところに立《た》ったまま、一気《いっき》にしゃべり出《だ》しました。

「あたしあのあとね、ちょっとは待《ま》ってたんだけど、用事《ようじ》があったからずっと待《ま》っていられなかったの。もう一回来《かいき》たんでしょ？　ごめんね、いなくて」

「なあんだ、そうだったのか。あたし……消《き》えちゃったのかと思《おも》ったの」

「まさか！」

ふたりは、ケラケラとわらい、それから自分《じぶん》たちの名前《なまえ》をおしえあいました。その子《こ》は、育《いく》ちゃんというのでした。サキは、きのう引《ひ》っ越《こ》してきたこともおしえました。

「ちっとも知《し》らなかった！　あたし、ただ、どこかんちに遊《あそ》びに来《き》てたのかと思《おも》って、それでもう会《あ》えないんだと思《おも》ったの。引《ひ》っ越《こ》してきたなら、住《す》んでるってことでしょ？　うれしいなうれしいな！」

育《いく》ちゃんは、手《て》をたたいてつまさきだちで跳《と》びはねました。

「うん！　三階《かい》に住《す》んでるの！」

「そうなんだ！　ねえサキちゃん、もっといいとこに行《い》こうよ！　こっち！」

と、育《いく》ちゃんは、サキの手《て》をひっぱりました。

「どこどこ？」

「こっちこっち！　とってもいいとこ！」

そして育《いく》ちゃんは廊下《ろうか》を曲《ま》がると、つきあたりに手品師《てじなし》の絵《え》が見《み》える廊下《ろうか》をまっすぐに走《はし》り、サキもすぐうしろにつづいたのでした。

サキはてっきり、昨日《きのう》育《いく》ちゃんが立《た》っていた、あの白《しろ》い部屋《へや》に行《い》くものと思《おも》っていました。けれど育《いく》ちゃんは、白《しろ》いドアの前《まえ》を通《とお》りすぎ、手品師《てじなし》の絵《え》のまえまで来《き》たのです。

その絵《え》をまた見《み》たとたん、サキの胸《むね》がドキドキしました。手品師《てじなし》の深《ふか》い色《いろ》の目《め》は、今《いま》もやっぱり、「だまされたっ、だまされたっ」とわらっているように見《み》えるからでした。でも育《いく》ちゃんは、知《し》り合《あ》いのだれかのことでも呼《よ》ぶような調子《ちょうし》で、

「おじさんが指《ゆび》さしてるとこ見《み》て？」

と、あっさり言《い》いました。

育《いく》ちゃんに言《い》われるままに、手品師《てじなし》の指《ゆび》さきをたどってみると、額《がく》ぶちのはじに、小《ちい》さな四角《しかく》い金属《きんぞく》がボタンのように飛《と》び出《だ》しているのがわかりました。

「ここを押《お》すとね……。ほら！」

そのとたん、ガチンッと止《と》め金《がね》のはずれる音《おと》がして、絵《え》が、こちらに向《む》かっ

て開《ひら》いたのでした。額《がく》そのものがかくし扉《とびら》だったのです！　その向《む》こうには、上《うえ》に向《む》かってのぼっていく幅《はば》のせまいらせん階段《かいだん》がのぞいていました。外《そと》の光《ひかり》がさしこんでいるらしく、暗《くら》い階段《かいだん》ではありません。

「さ、あたしについてきてね！」

育《いく》ちゃんはそう言《い》うと、まるで絵《え》のなかに入《はい》りこむようにして絵《え》のわくをまたぐと、さきに進《すす》んでいきました。サキもまた、ちょうちんみたいにふくらんだ育《いく》ちゃんの緑《みどり》のスカートのうしろからつづいてなかに入《はい》り、らせん階段《かいだん》をのぼっていきました。

第5章　小《ちい》さな花畑《はなばたけ》

ふたりは、ガラス窓《まど》のついた戸《と》から外《そと》に出《で》ました。そこはビルの屋上《おくじょう》でした。

「わあっ、すごおい！　いい気持《きも》ち！」

サキは思《おも》わずさけびました。

高《たか》いビルにさえぎられるところもあったけれど、遠《とお》くまで見《み》わたせるところもありました。それになんといっても、青空《あおぞら》の真下《ました》です。そよ風《かぜ》も吹《ふ》いています。

そして、その屋上《おくじょう》のおもしろいこと。ただの広《ひろ》い屋上《おくじょう》とは大《おお》ちがいでした。ピラミッドのように三角《さんかく》に突《つ》き出《で》たところに、まるい小《こ》窓《まど》がついているかと思《おも》えば、ステージのような一段高《だんたか》い部分《ぶぶん》があったり、反対《はんたい》に、すこしおりていく部分《ぶぶん》があったり、えんとつが、にょきにょきっとつきでていたりするのです。はじのほうでは、洗《せん》たくものがひらひらしていました。

育《いく》ちゃんが、またサキの手《て》を引《ひ》くと、すばしこくかけて、ピラミッド型《がた》のコンクリートの壁《かべ》をぐるりとまわりました。

するとそこには、真四角《ましかく》の、小《ちい》さな小《ちい》さな花《か》だんがあったのです。

「わっ、きれい！」

サキは目《め》をぱちくりさせずにいられませんでした。すこしずつ集《あつ》まって咲《さ》いた、ピンクや黄色《きいろ》や水色《みずいろ》の小花《こばな》は、まるで、きれをつぎあわせて作《つく》った一枚《まい》のじゅうたんのようでした。なにかに似《に》ています……。そうです、ふたりがかぶっている帽子《ぼうし》です。

「あたしが育《そだ》ててる庭《にわ》なんだ。いっしょにすわろ？」

育《いく》ちゃんが、花《か》だんの縁《ふち》にすわるように、サキをうながしました。ふたりはならんで腰《こし》かけました。ああ、その気持《きも》ちのいいことといったら！

「ね、ここ、おしゃべりするのに、ぴったりでしょ？　あたし、昨日《きのう》から、サキちゃんに聞《き》きたかったことがあるの」

育《いく》ちゃんが、サキをまっすぐに見《み》て言《い》いました。

「あたしだってあるよ！」

と、サキも言《い》いました。そして、

「ねえ、あたしがさきに聞《き》いていい？　あたし、帽子《ぼうし》のことがずっと聞《き》きたかったの」

と、息《いき》をはずませました。

「なんだ！　あたしだってそれが聞《き》きたかったんだよ！」

ふたりはまたケラケラわらいました。そして、帽子《ぼうし》を脱《ぬ》いで、見《み》せ合《あ》いました。ふたつは、そっくりでした。ただ、はぎあわせてある、葉《は》っぱ模様《もよう》や花模《はなも》様《よう》のきれがちがうだけです。

「……そっくりだと思《おも》わない？」

サキは、帽子《ぼうし》の裏《うら》をしきりと見《み》ている育《いく》ちゃんの顔《かお》をのぞきこむように、そっとたずねました。育《いく》ちゃんが、うなずきながら言《い》いました。

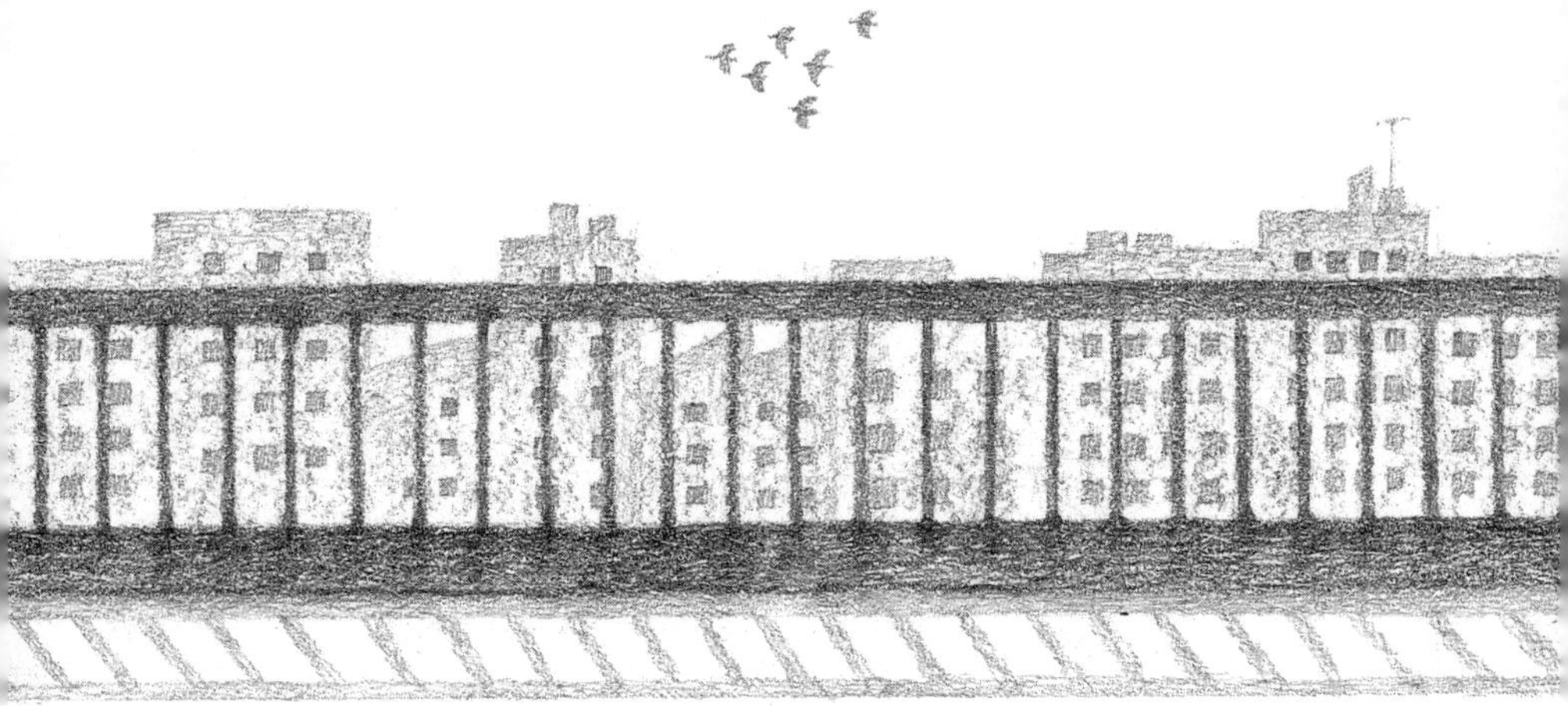

「そうだと思《おも》ったんだ！　これって、あたしが作《つく》った帽子《ぼうし》だ」

「え？　育《いく》ちゃんが……？」

「うん。あたしの帽子《ぼうし》って、あたしが作《つく》ったんだけど、ね、ほら、糸《いと》の結《むす》び目《め》がおなじでしょ？　これ、あたしのやり方《かた》なの」

「ほんとだ……」

ところどころで止《と》めてある糸《いと》のおしまいは、おとなしいうさぎの耳《みみ》のように、ぺたんとうしろに二本《ほん》、たおれていました。

「すごいんだね、育《いく》ちゃん。帽子《ぼうし》を作《つく》れるなんて……」

サキはすっかり感心《かんしん》しました。お母《かあ》さんが針《はり》に糸《いと》を通《とお》し、その先《さき》に玉《たま》を作《つく》ってわたしてくれても、サキはすぐに糸《いと》をからませてしまうので、なにかを作《つく》るなんていうのは、とても無理《むり》な話《はなし》でした。

「だけど、どうして……」

部屋《へや》にあった古《ふる》いタンスのなかに、なぜ育《いく》ちゃんが作《つく》った帽子《ぼうし》が掛《か》かっていたのでしょう。サキは、帽子《ぼうし》をみつけたいきさつを話《はな》しました。

それを聞《き》くと育《いく》ちゃんは、ううん……とうなり声《ごえ》をあげてから、にっこりして言《い》いました。

「チルルが、あたしんちに飛《と》んできたかわり、帽子《ぼうし》が、サキちゃんちに入《はい》ったんだよ」

「……帽子《ぼうし》が飛《と》ぶってこと？　チルルみたいに？」

サキは、育《いく》ちゃんが、チルルの名前《なまえ》をちゃんと覚《おぼ》えていてくれたのをうれしく思《おも》いながらも、そう聞《き》きかえさずにいられませんでした。

「うん、飛《と》ぶ飛《と》ぶ。風《かぜ》が吹《ふ》けばどんどん飛《と》んでく。うちの窓《まど》から飛《と》んでって、サキちゃんちの窓《まど》から入《はい》ったんだよ。おおっとっと、あぶない！」

育《いく》ちゃんが手《て》をゆるめたすきに、帽子《ぼうし》が春風《はるかぜ》にさらわれそうになりました。

「ふうん……そうなんだ……」

サキは、そこでふと思《おも》いました。

「じゃあ、育《いく》ちゃんに返《かえ》さなくちゃね……帽子《ぼうし》」

すると、育《いく》ちゃんは首《くび》をふりました。

「あたしね、なにをいくつ作《つく》ったか、わすれちゃうんだ。帽子《ぼうし》だってそう。だからサキちゃんにあげる。すごく似合《にあ》ってたよ。それに、おそろいでかぶるほうがうれしいもの。ね、おそろいでかぶろ？」

おそろいでかぶる帽子《ぼうし》！　それも、育《いく》ちゃんの作《つく》った帽子《ぼうし》だなんて！

ふたりは、それぞれの帽子《ぼうし》を、またすぽんとかぶりました。そのとたん、サキの心《こころ》が、はじめてかぶったときのように、わくわくとはずみました。

すると、育《いく》ちゃんが、歌《うた》を口《くち》ずさみました。

「ぱたぽんぱたぽん　わたしのぼうし
ぱたぽんぱたぽん　あなたのぼうし
お花《はな》がさいてる　はっぱがゆれてる
わたしたちのぼうし　ぱたぽんぽん」

それは、昨日《きのう》チルルを追《お》って、あの廊下《ろうか》をかけたときに、聞《き》こえてきた歌《うた》でした。

「……育《いく》ちゃんが作《つく》った歌《うた》なの？」

「ううん。むかしからある歌《うた》」

「へえ。なんだか、この帽子《ぼうし》の歌《うた》みたいじゃない？」

「でしょ？」

そこでサキも、いっしょに歌《うた》いました。おそろいの帽子《ぼうし》をかぶり、小《ちい》さな花畑《ばたけ》の縁《ふち》で歌《うた》うのに、ぴったりでした。

「そうそう、あたし、サキちゃんて何年生《なんねんせい》なのかも聞《き》きたかったんだ」

と、育《いく》ちゃんが思《おも》いついたように言《い》いました。

「今度《こんど》五年《ねん》」

「わあっ！　あたしもなの。ねえ、じゃあサキちゃん、四月《がつ》からあたしたちのクラスに入《はい》るの？　ひとクラスだもの」

そんな話《はなし》を聞《き》いたら、サキは転校《てんこう》したくてたまらなくなりました。でも、そうはいきません。

「あたしね、ここには一か月《げつ》、住《す》むだけなの……」

サキは、家《いえ》の改装《かいそう》がすむまで、電車《でんしゃ》で学校《がっこう》に通《かよ》うことなどを話《はな》しました。

「なあんだ、そうだったの。つまんない。……でも、遊《あそ》べるよね」

「もちろん遊《あそ》べるよ！」

「まだ春休《はるやす》みだしね！」

ふたりは、顔《かお》を見合《みあ》わせてほほえみました。

その時《とき》、屋上《おくじょう》のなかほどでゴソッと音《おと》がしたと思《おも》うと、ゆかからいきなり大《おお》きなフライパンのようなものが、持《も》ちあがるのが見《み》えたのでした。サキはぎょっとして、育《いく》ちゃんにしがみつきました。

「あっ、きっとモグラのおじさんだ！」

育《いく》ちゃんが小声《こごえ》でさけびました。

第6章　モグラのおじさん

育《いく》ちゃんは、サキの手《て》をつかんで立《た》ちあがると、大《おお》いそぎでピラミッド型《がた》の三角《さんかく》の壁《かべ》のうしろにかくれました。

「モグラって言《い》った……？」

壁《かべ》にはりつきながら、サキは、ひそひそ声《ごえ》でたずねました。育《いく》ちゃんはうなずきながら、

「あやしいモグラなの」とささやくと、見《み》てごらんというように、合図《あいず》しました。

するとまもなく、フライパンのようなものの下《した》から、まるい頭《あたま》につづいて、全身《ぜんしん》、茶色《ちゃいろ》ずくめの小太《こぶと》りのおじさんがせりあがってきたのです。まるい色眼鏡《いろめがね》をかけているところも、モグラのようでした。おじさんは、からだがすっかり屋上《おくじょう》に出《で》たところで、ゆかを元《もと》

に戻《もど》しました。そこもまた出入《でい》り口《ぐち》だったらしく、まるいふた式《しき》の戸《と》がついていたのです。

おじさんは、手《て》ぶらではなく、小《ちい》さなカセットレコーダーをさげていました。それを、一段高《だんたか》い場所《ばしょ》においた、と思《おも》う間《ま》に、あたり一面《いちめん》に、それはそれは不《ふ》思議《しぎ》な節回《ふしまわ》しの笛《ふえ》の音《ね》が流《なが》れたのでした。

そして、モグラのおじさんは踊《おど》り出《だ》しました。

ピプ～ピプ～ピプルルル～

ピヒャリ～ピピッププリ～

その動《うご》きは、とてもゆっくりしていて、とても変《か》わっていました。手《て》の先《さき》を、くるりくるりと、しなったようにまわしながら、ときおり、ぴょこんと飛《と》びあがるのです。すこしもすらりとしていないし、足《あし》はまたずいぶん短《みじか》いようなのに、バネのように自由《じゆう》に、伸《の》びたり、たわんだり、あがったりしました。

おじさんの動《うご》きにあわせて日《ひ》を受《う》ける茶色《ちゃいろ》の服《ふく》は、まるでモグラの短《みじか》い毛《け》のように、つやつや光《ひか》って見《み》えました。そんな格好《かっこう》で踊《おど》るおじさんは、見《み》れば見《み》るほど、土《つち》のなかから出《で》てきて、うれしそうにダンスをはじめた、あやしいモグラのようなのでした。

はじめこそ、ありゃあ……という気持《きも》ちで見《み》ていたサキも、いつのまにか目《め》も心《こころ》もすっかりうばわれてしまいました。いつまでも見《み》ていたいような、おかしくおもしろいながめだっ

たのです。

　けれど笛《ふえ》の音《ね》が終《お》わると同時《どうじ》に、モグラのおじさんのダンスも終《お》わりました。するとおじさんは、ゆかのふたをパカンと開《あ》け、レコーダーを下《さ》げて、またするするすると、そのなかに消《き》えていったのでした。

　そのとたん、サキも、われに帰《かえ》りました。

「あ、あたし、もうそろそろもどらなくちゃ！　お母《かあ》さんが帰《かえ》ってきちゃう！」

「そっか、ざんねん！　じゃあ、また遊《あそ》ぼうね、きっとね！」

こうしてふたりは、でこぼこの屋上《おくじょう》をかけぬけ、ガラスの扉《とびら》を開《あ》けて、もと来《き》た明《あか》るいらせん階段《かいだん》をおりはじめたのです。

サキは、先《さき》に立《た》っておりていく育《いく》ちゃんの帽子《ぼうし》を下《した》に見《み》ながららせん階段《かいだん》をくるくるまわりました。そのとき、ふと、まるで自分《じぶん》の縄張《なわば》りの秘密《ひみつ》の階段《かいだん》を、トトトトッとおりていくような感《かん》じを覚《おぼ》えたのでした。これとおなじことを何《なん》度《ど》もしたことがあるような、とても慣《な》れた感《かん》じ。このビルそのものが、とっくのむかしからふたりの遊《あそ》び場《ば》だったみたいな、そんなあたりまえの感《かん》じを覚《おぼ》えたのです。

お母《かあ》さんは、まだ帰《かえ》っていませんでした。サキは、たった今《いま》の冒険《ぼうけん》で、まだ胸《むね》がドキドキしていました。だれかに話《はな》したいけれど、「部屋《へや》でいい子《こ》にしている」約束《やくそく》でしたから、このことはないしょです。それにやっぱり育《いく》ちゃんのことは、自分《じぶん》だけがとくべつに出会《であ》った秘密《ひみつ》の女《おんな》の子《こ》にしていたい気《き》もするのでした。

サキは、鳥《とり》かごのところまでかけよると、チルルに話《はな》しかけました。

「ねえねえチルル、育《いく》ちゃん、ちゃんとチルルのこと覚《おぼ》えてたよ。そうだ、こんど遊《あそ》びにきてもらおうよ！　やっぱり、育《いく》ちゃんのこと秘密《ひみつ》にしてるのって無理《むり》だよね。お母《かあ》さんに話《はな》しちゃおっかな……」

サキは、おやつを、育《いく》ちゃんといっしょに食《た》べたりするところを想像《そうぞう》して、うれしくなりました。

それからふと、帽子《ぼうし》が風《かぜ》にのってどんどん飛《と》び、窓《まど》から入《はい》りこんだという話《はなし》を思《おも》い出《だ》して、くすっとわらいました。まるで、羽《はね》のはえた帽子《ぼうし》が、サキの部《へ》屋《や》の窓《まど》めざして飛《と》んできたみたいな、すてきな話《はなし》ではありませんか。

サキは、窓《まど》のところまで行《い》き、閉《し》まっていた窓《まど》を開《あ》けると、首《くび》をつきだして、きょろきょろと上《うえ》をながめてみました。いったいどの窓《まど》から飛《と》んできたのでしょう。でも、たくさんある窓《まど》の、どれが育《いく》ちゃんの家《いえ》の窓《まど》なのか、さっぱりわかりませんでした。

となりの部屋《へや》の窓《まど》からものぞいてみました。でもそんなことをしたところで、見《み》えるものは、さっきとおなじでした。どちらの部屋《へや》の窓《まど》も、おなじほうに向《む》いていたのですから。つまり、サキたちの部屋《へや》から見《み》えるものといったらとなりの建物《たてもの》の灰色《はいいろ》の壁《かべ》だけで、ながめに関《かん》していうならば、ここは、いい部屋《へや》とはとても言《い》えないのでした。

「……だけど育《いく》ちゃんの部屋《へや》って……階段《かいだん》をのぼってから、右《みぎ》に行《い》って、右《みぎ》に曲《ま》がった廊下《ろうか》だから……」

サキは、いっしょうけんめい、五階《かい》の白《しろ》い部屋《へや》の位置《いち》について考《かんが》えてみました。ただでさえ方向《ほうこう》のこととなるとトンチンカンなのに、この建物《たてもの》ときたら、まるで迷宮《めいきゅう》のようにこみいっているのです。自分《じぶん》には、とてもわからないとサキは思《おも》いました。それでもなんとなく、育《いく》ちゃんのあの部屋《へや》の窓《まど》が、この窓《まど》とおなじ壁《かべ》についていると思《おも》うのは、まちがっている気《き》がしました。

サキは、もう一度廊下《どろうか》へ出《で》て、まっすぐに長《なが》く伸《の》びた廊下《ろうか》の先《さき》をみつめました。

（もしここが五階《かい》だとすると、あのつきあたりを右《みぎ》に曲《ま》がって、ずっと行《い》ったところの左《ひだり》がわってことでしょ……）

部屋《へや》に戻《もど》ったサキは、もう一度窓辺《どまどべ》に立《た》つと、つまらない灰色《はいいろ》の壁《かべ》をみつめました。育《いく》ちゃんの部屋《へや》の窓《まど》から飛《と》んできた帽子《ぼうし》が、この窓《まど》から入《はい》りこむなんてことがあるとは、とても思《おも》えなかったのです。そう、本当《ほんとう》に羽《はね》でも生《は》えていて、わざわざ飛《と》んでこないかぎりは……。

さっきはすてきな話《はなし》に思《おも》えたのに、今《いま》では、きみょうだと思《おも》うばかりでした。

そして、そう思《おも》ったとたん、育《いく》ちゃんの姿《すがた》が、またぼうっとかすんでいったのでした。ついさっきまで、手《て》をつなぎ、あれほどふつうに遊《あそ》んでいたというのに……。まぼろしのような気《き》がしていたのは、昨日《きのう》までのことで、今日《きょう》はもう、なにもかもがすっかり、はっきりしたと思《おも》ったのに……。

そのとき、けたたましい呼《よ》び鈴《りん》が鳴《な》り、サキがなかから鍵《かぎ》を開《あ》けるより先《さき》に扉《とびら》が開《あ》いて、お母《かあ》さんが外《そと》のにおいといっしょに、入《はい》ってきました。

「ただいま！　お留守番《るすばん》ありがとう！　いい子《こ》にしてた？　退屈《たいくつ》じゃなかった？」

サキは、ちょっとぼんやりした頭《あたま》で、

「すごーく退屈《たいくつ》してたよ……」

と答《こた》えたのでした。

第7章　外出《がいしゅつ》

もうすぐお昼《ひる》でした。

「そうだ、せっかくこんな街《まち》のなかにいるんだもの、ちょっと出《で》かけて、ランチでも食《た》べてきちゃおっか！」

ついさっきもどったばかりだというのに、お母《かあ》さんはそう言《い》って、サキを元気《げんき》づけました。もちろんサキも賛成《さんせい》でした。なんだか、頭《あたま》がぼうっとしていましたから。

ふたりは、廊下《ろうか》に出《で》たところで、こちらに向《む》かって歩《ある》いてくる晴子《はるこ》さんとばったり会《あ》いました。

「あら、おでかけ？　そうね、こんないい日《ひ》に、ここにこもってるの、ちょっともったいないもんね。どう、サキちゃん、すこし慣《な》れた？」

サキが答《こた》える前《まえ》に、

「学校《がっこう》がはじまっちゃえば、かえっていいんだけど、休《やす》みちゅうって手持《ても》ちぶさたでね」

と、お母《かあ》さんが代《か》わって答《こた》えると、晴子《はるこ》さんは眼鏡《めがね》の奥《おく》から、きょろっとサキを見《み》て、一気《いっき》に言《い》いました。

「手持《ても》ちぶさたのときには、うちの画廊《がろう》をのぞきにいらっしゃいな！ それにほかにも何軒《なんげん》か画廊《がろう》が入《はい》ってるから、あちこち見《み》にいくといい。そうそう、このビルを探検《たんけん》してごらん。きっとおもしろいわよ。そうだ……あの子《こ》、サキちゃんくらいじゃないかしら……すこし年下《としした》かなあ……。あのね、知《し》り合《あ》いの、すごくおもしろい子《こ》がいるの。今度《こんど》サキちゃんに紹介《しょうかい》する。きっとともだちになれるわよ」

そして晴子《はるこ》さんは、「じゃ、またね、いってらっしゃい」と手《て》をふりました。

〈あたしには育《いく》ちゃんがいるから、べつに、そんな子《こ》を紹介《しょうかい》してもらわなく

たっていいんだけど）

そう思《おも》いながらも、子《こ》どもがいる、と聞《き》くと、やっぱり心《こころ》が動《うご》きました。それからふと、

（もしかすると、それって育《いく》ちゃんのことなんじゃない？）

と思《おも》ったとたん、ぽっとうれしくなりました。ほら、やっぱり育《いく》ちゃんは、ちゃんとここに住《す》んでる子《こ》なのです！

（そうだったら、晴子《はるこ》さんびっくりするだろうな。まあ、いつのまにそんなに仲良《なかよ》しになったのって！）

なんだかほっとしたような気分《きぶん》につつまれながら一階《かい》までおり、玄関《げんかん》ホールを横切《よこぎ》ろうとしていると、そばで、ガタガタンと音《おと》がしました。牢屋《ろうや》のおりのようなエレベーターの箱《はこ》が、上《うえ》からおりてくるところなのでした。エレベーターの上《うえ》についた短《みじか》い針《はり》が、反対《はんたい》まわりの時計《とけい》みたいに、ぐらんと左《ひだり》がわに傾《かたむ》くとともに、明《あか》るい箱《はこ》がドシンと到着《とうちゃく》しました。

おおげさな音《おと》をたてて開《ひら》いた扉《とびら》から出《で》てきたのは、ひとりのおばあさんでし

た。銀色《ぎんいろ》の髪《かみ》をむぞうさにおだんごにし、明《あか》るい色《いろ》のおしゃれな柄《がら》の服《ふく》を着《き》たおばあさんは、サキたちに、感《かん》じよくほほえみ、

「ごきげんよう」

と声《こえ》をかけて、前《まえ》を歩《ある》きだしました。

よそで一度《ど》も見《み》たことがないような、すそのはためく素敵《すてき》なコートをはおったそのうしろ姿《すがた》は、薄暗《うすぐら》いホールで、びっくりするほどいきいきして見《み》えました。それなのに、このビルに、不思議《ふしぎ》とよくつりあった感《かん》じのおばあさんなのでした。魔法使《まほうつか》いかおばけが住《す》んでいるほうが、よほど似合《にあ》いそうな建物《たてもの》だというのに。

お母《かあ》さんが先《さき》に進《すす》んで玄関《げんかん》の重《おも》い扉《とびら》を開《あ》けてあげました。おばあさんは、またにこにこして、お礼《れい》を言《い》いました。

サキとお母《かあ》さんも、おばあさんにつづいて外《そと》へ出《で》ると、どちらからともなく手《て》をつなぎ、前《まえ》にうしろにふりながら、春《はる》らしいにおいのただよう歩道《ほどう》を歩《ある》き出《だ》しました。ふだんなら、こんなことはもうしなかったのに。サキはうっかり

ご利用の皆
このエレベータ
4,5,6階し
止まりません
ビル管理

「ぱたぽんぱたぽん」と口《くち》ずさんでしまい、「なんの歌《うた》？」と、お母《かあ》さんに不《ふ》思議《しぎ》がられて、うっぷと口《くち》を閉《と》じたりしました。

実際《じっさい》、街《まち》にいるあいだじゅう、ふたりともなんだかはずんでいたのは、エレベーターから偶然現《ぐうぜんあらわ》れた、感《かん》じのいいおばあさんのおかげだったのかもしれません。ティールームでオムレツのランチを食《た》べている途中《とちゅう》、しばらく会話《かいわ》がとぎれたあと、お母《かあ》さんがいきなり、

「年《とし》とっていくのが、ぜんぜんいやじゃなくなるわね、ああいうおばあさんを見《み》ると」

と、楽《たの》しそうに口《くち》にしたくらいでしたから。そしてサキが、「ああいうおばあさんて？」と、たずねる必要《ひつよう》もまたなかったのでした。

次《つぎ》の日《ひ》は日曜日《にちようび》でした。サキの家族《かぞく》は電車《でんしゃ》に乗《の》り、改装中《かいそうちゅう》の家《いえ》を見《み》にいきました。このおでかけは、新学期《しんがっき》がはじまったときの通学《つうがく》の練習《れんしゅう》もかねていたので、サキがお父《とう》さんとお母《かあ》さんをうしろにしたがえて歩《ある》いたのです。

人込《ひとご》みのなかを、きんちょうしていっしょうけんめいにすりぬけたり、改札《かいさつ》を通《とお》ったり、乗《の》り換《か》えてさらにホームで電車《でんしゃ》を待《ま》ったりしたあとに、座席《ざせき》についてやっとほっとしながら、あたらしくなる家《いえ》のことを話《はな》したりしていると、あのしんとした古《ふる》いビルも、あんな帽子《ぼうし》をかぶった育《いく》ちゃんも、まるでゆうべ見《み》た夢《ゆめ》のなかの風景《ふうけい》のように、ずうっと遠《とお》のいていきました。——とりわけ、電車《でんしゃ》が見慣《みな》れた駅《えき》につき、改札《かいさつ》を出《で》たとたんにクラスの子《こ》を見《み》かけたときなどには。そして、日曜《にちよう》だというのに、大工《だいく》さんたちが二、三人《にん》、いそがしそうに動《うご》きまわっている、あたらしいにおいのする家《いえ》のなかをのぞいたりしていたときには——。

けれど、帰《かえ》りに乗《の》った電車《でんしゃ》が住宅街《じゅうたくがい》からすこしずつ遠《とお》ざかり、やがて、大《おお》きなネオンサインや高架線《こうかせん》が窓《まど》の向《む》こうに見《み》えてくるにつれ、反対《はんたい》に、さっきまでの住宅街《じゅうたくがい》の風景《ふうけい》はかすんでいきました。そして、電車《でんしゃ》から降《お》り、きらびやかな街《まち》を通《とお》りぬけて裏通《うらどお》りに入《はい》りこんでまもなく、灰色《はいいろ》の古《ふる》めかしいビルが通《とお》りの先《さき》に見《み》えたとき、サキは、自分《じぶん》でも意外《いがい》なほど、心《こころ》がおどったのでした。楽《たの》しいことが待《ま》っている自分《じぶん》のすみかにもどってきた感《かん》じがしたのです。そしてそれはやっぱり、育《いく》ちゃんがそこにいる、という思《おも》いとかさなっているのでした。

(どうしてあたし、育《いく》ちゃんのこと、いるようないないような感《かん》じがするなんて思《おも》ったんだろう、いるに決《き》まってるじゃないの。明日《あした》は、ぜったいまた育《いく》ちゃんと遊《あそ》ぼう。あの白《しろ》い部屋《へや》の呼《よ》び鈴《りん》をおせばいいんだもの。かんたんじゃない!)

サキは自分《じぶん》から勢《いきお》いよく、ビルの重《おも》たい扉《とびら》を開《あ》けたのでした。

第8章　モグラのトンネル

　次《つぎ》の日《ひ》の午前中《ごぜんちゅう》、お母《かあ》さんがテーブルの上《うえ》に仕事《しごと》を広《ひろ》げはじめると、サキは、

「晴子《はるこ》さんが言《い》ってたから、あたし、ちょっと探検《たんけん》してくる！」

と言《い》って、帽子《ぼうし》をかぶって部屋《へや》を出《で》ました。

もっとも、お母《かあ》さんがついてきそうになったのには、ちょっとあわてたのですが。

　心配屋《しんぱいや》のお母《かあ》さんは、「迷子《まいご》にならないように、歩《ある》いたところをちゃんと覚《おぼ》えてるのよ！　廊下《ろうか》で知《し》らない人《ひと》に会《あ》って、うちにあがっていきなさいって誘《さそ》われても、ぜったい入《はい》っちゃだめよ！　いろんなドア、勝手《かって》に開《あ》けてみたりしないのよ！　エレベーターに乗《の》るのはやめなさいね！　すこししたら、もどってくるのよ！」と、さんざん並《なら》べたあとで、「お母《かあ》さんも、ちょっと行《い》ってみようかな、おもしろそうだし」などと言《い》い出《だ》したものですから、サキは本《ほん》当《とう》に困《こま》ったのでした。こんなときに、いちばんよくきくのは、「お仕事《しごと》あるんでしょ」と言《い》って、お母《かあ》さんをハッとさせることでした。今日《きょう》も、これはききめがありました。お母《かあ》さんは、ぐっとくちびるをかんで、送《おく》りだしてくれました。

「ふう、あぶないところだった」

口《くち》のなかで、そんなことをつぶやきながら、サキは、廊下《ろうか》を歩《ある》きだしました。でも、強《つよ》がったわりには、けっこう、ドキドキしていたのです。たしかに、だれもいない廊下《ろうか》で、モグラのおじさんなんかにばったり出会《であ》って、色《いろ》めがねの奥《おく》からじろじろと見《み》つめられたりするのはいやでした。そのうえ、階段《かいだん》をのぼるうちに、あの白《しろ》い扉《とびら》の呼《よ》び鈴《りん》を押《お》して訪《たず》ねていくなんてことが、本当《ほんとう》にできるんだろうかと、不安《ふあん》にもなりました。

くよくよ迷《まよ》っていると、たちまち五階《かい》につきました。あとは、このまま進《すす》んでいくしかありません。

と、そのとき、ガタンと音《おと》がしたので、サキはびくっとしました。今《いま》まで気《き》づかなかったのですが、曲《ま》がり角《かど》のところにエレベーターがあり、ちょうど今《いま》、それが五階《かい》で止《と》まったのでした。

「あっ、育《いく》ちゃん！」

思《おも》わずサキはさけびました。育《いく》ちゃんがひとり、なかから出《で》てきたのでした。いつもの帽子《ぼうし》をかぶり、緑色《みどりいろ》の、ちょうちん形《がた》のスカートをはいた育《いく》ちゃんが。

ふたりは、ほとんど抱《だ》き合《あ》わんばかりによろこびました。育《いく》ちゃんが、目《め》をきらきらさせて言《い》いました。

「ねえもしかして、あたしのこと誘《さそ》いにきたの？」

「うん！」

「わあい、じゃ、あそぼ？」

さっきまでの不安《ふあん》は、もうきれいさっぱり、吹《ふ》きとびました。

「ねえ、モグラトンネル、通《とお》ってみない？　あたし今《いま》、よっぽどそこ通《とお》ろうかなあって思《おも》って、やめてエレベーターに乗《の》ってきたの。よかった、サキちゃんに会《あ》えなくなるところだったもん。ね、行《い》ってみない？」

モグラトンネルなどと聞《き》いて、だれがことわるでしょう？　育《いく》ちゃんは、サキがうなずくのを見《み》るとすぐにエレベーターのボタンを押《お》しました。まだそこにいたエレベーターの扉《とびら》が、すぐにガシャンと開《ひら》きました。

「乗《の》るの……？」

お母《かあ》さんに言《い》われたことを思《おも》い出《だ》したのです。

「うん、地下《ちか》まで行《い》くんだもん」

育《いく》ちゃんは元気《げんき》に答《こた》えました。

エレベーターのなかには、古《ふる》めかしい大《おお》きな黒《くろ》いボタンがいくつかついていましたが、二階《かい》と三階《かい》と四階《かい》のボタンの上《うえ》には、ビニールテープがバッテンの形《かたち》に貼《は》ってありました。

「エレベーターは、五階《かい》と六階用《かいよう》なの。電気《でんき》を使《つか》わないように」

「ふうん……」

古《ふる》めかしい小《ちい》さな箱《はこ》は、ガタガタゆれながら、ゆっくりゆっくりさがっていきました。本当《ほんとう》に地面《じめん》の下《した》の暗闇《くらやみ》におりていくような気分《きぶん》です。

「……育《いく》ちゃん、今《いま》どこから来《き》たの？」

なんとなく、声《こえ》をひそめながらサキはたずねました。育《いく》ちゃんも、声《こえ》をひそめました。

「地下《ちか》からよ。モグラのおじさんのようすを、のぞいてきたの」

「へえ……。おじさん、なにしてた？」

「机《つくえ》に、こおんなに本積《ほんつ》みあげて、頭《あたま》つっこんでた」

「……頭《あたま》を、つっこんでたの？」

「うん」

そのようすを想像《そうぞう》してみると、とてもきみょうでした。

「だって、あやしいモグラだし」

と、育《いく》ちゃんは肩《かた》をすくめながら言《い》って、にこっとしました。そのときようやく、エレベーターがドシンと地下《ちか》に着《つ》きました。

扉《とびら》から出《で》たとたん、サキは、ぶるっとふるえました。天井《てんじょう》がずいぶん低《ひく》く、あたりはひんやりしていたからです。きょろきょろ見《み》わたすと、ごくせまい、トンネルのような通路《つうろ》がひと筋伸《すじの》びていて、奥《おく》が板《いた》でふさがれているのが見《み》えました。でもその板《いた》は、ドアのようでした。巣箱《すばこ》のようなものがくっついているのは、郵便箱《ゆうびんばこ》なのでしょうか。

育《いく》ちゃんは、立《た》ちどまったまま、そこを指《ゆび》さし、

「あそこがモグラのおじさんのすみかなの」

と、教《おし》えてくれました。

まるで、どうくつの奥《おく》にドアをつけた、秘密《ひみつ》の部屋《へや》のようです。窓《まど》があるのかさえわかりません。それともモグラだと、そんなものはいらないのでしょうか。

「……トンネルって、そこのこと?」

通路《つうろ》を見《み》ながら、サキが、すこしふるえた声《こえ》でたずねると、育《いく》ちゃんは、けらけらっとわらい、

「そんなに短《みじか》いもんですか！　こっちこっち」

と言《い》いながら、サキの手《て》を引《ひ》き、地下《ちか》の廊下《ろうか》を歩《ある》き出《だ》したのでした。

育《いく》ちゃんはまもなく、自分《じぶん》たちの背《せ》たけほどもない金属《きんぞく》のドアの前《まえ》で止《と》まりました。


サキは、ごくんとつばをのみこみました。こんなドア、自分《じぶん》ひとりならば、けっしてけっして、開《あ》けてみようなどとしないでしょう。

育《いく》ちゃんは扉《とびら》を開《あ》けると、暗闇《くらやみ》のなかに手《て》を差《さ》し入《い》れて、パチンと電気《でんき》のスイッチを入《い》れました。オレンジ色《いろ》のぼんやりした光《ひかり》がふたりを照《て》らしました。

育《いく》ちゃんが腰《こし》をかがめてなかに入《はい》っていったので、サキも、あとにつづきました。


サキは、思《おも》わず息《いき》をのみました。そこは、どこかにつづくトンネルなどではなく、長《なが》く長《なが》く上《うえ》に向《む》かって伸《の》びていく、煙突《えんとつ》のようなところだったのです。

ただし、筒《つつ》のような内《うち》がわの壁《かべ》にそって、らせん階段《かいだん》が、どこまでもどこまでもぐるぐるぐるぐると、つる草《くさ》のようにはりつき、そのうずのまんなかだけが、まっすぐ筒《つつ》ぬけになって、どこまでも伸《の》びているのでした。そして、まるで天《てん》のようなはるかてっぺんから、ほんのすこし、光《ひかり》がもれているのが見《み》えました。

サキは、あの階段《かいだん》のまんなかあたりをのぼっていく自分《じぶん》を想像《そうぞう》したら、足《あし》がしなしなしてきました。行《い》くも帰《かえ》るもできない、中途《ちゅうと》はんぱな場所《ばしょ》で、気持《きも》ちがくじけてしまったら？ すると、育《いく》ちゃんがいいました。

「上《うえ》も下《した》も見《み》ないで、しっかり手《て》すりにつかまって、楽《たの》しくおしゃべりしていくのがいいの。さ、行《い》こう」

こうしてふたりは、前後《ぜんご》になって、階段《かいだん》をぐるぐるとのぼりはじめたのでした。はじめたからには、もう前《まえ》へ前《まえ》へと、足《あし》をあげて進《すす》んでいくしかありません。

楽《たの》しそうにしゃべる育《いく》ちゃんの声《こえ》がひびいて、わんわんしました。

「あたしうれしいなあ！ だっていつもは、ひとりごと言《い》いながら行《い》くのに、今日《きょう》はふたりなんだもん！ あたしね、ここに来《く》ると、かならず『あめひめさま』のお話《はなし》を思《おも》いだすの。日《ひ》でりがつづいた村《むら》でね、雨《あめ》を降《ふ》らせてもらいに、

子《こ》どもがふたり、眠《ねむ》ってるあめひめさまを起《お》こしにいくんだけど、木《き》の幹《みき》にほらがあって、そのなかに入《はい》ると、ぐるぐるのらせん階段《かいだん》が地下《ちか》に向《む》かってどこまでもどこまでもつづいてるの。だから、のぼってるときより、おりてるときのほうが、もっと『あめひめさま』っぽいんだけど、ここ歩《ある》いてると、いつも思《おも》い出《だ》すの」

「へえ、おもしろーい……」

サキの声《こえ》も、わんわんひびきました。

「やっと『あめひめさま』らしくなった！　子《こ》どもがふたりになったから」

育《いく》ちゃんはそう言《い》って、うしろをふりむき、ニコッとわらいました。

サキもうれしくなりました。

ふたりは、すこしずつフーフー言《い》いはじめ、立《た》ち止《ど》まって休《やす》んだりしました。でも、上《うえ》を見《み》るのも下《した》を見《み》るのもだめです。しっかり手《て》すりにつかまって、ずっと楽《たの》しくおしゃべりをするのです。

そうしてついにふたりは、わずかに光《ひかり》のさしこむてっぺんまでたどり着《つ》くと、頭《あたま》の上《うえ》のふたを、ぐいっと開《あ》けて、屋上《おくじょう》に出《で》たのでした。

第9章　猫《ねこ》の事務所《じむしょ》

六階建《かいだ》てのビルの地下室《ちかしつ》から屋上《おくじょう》までを、一度《ど》にのぼってきたのですから、登山《とざん》をしたようなものでした。外《そと》の風《かぜ》にあたったときの、よろこびといったらありません。

ふたりは、コンクリートのゆかの上《うえ》に、くたくたの足《あし》を投《な》げ出《だ》してすわりこみ、うしろに手《て》をついて、空《そら》を見《み》あげました。

「ふう！　くったびれたあ！」

「ほんとにくたびれたあ〜！」

よろこびも大《おお》きかったけれど、サキは、たった今《いま》終《お》えた冒険《ぼうけん》を思《おも》い出《だ》して、今《いま》さら、こわくなったりもしました。ふつう、非常《ひじょう》階段《かいだん》のようなところは、立《た》ち入《い》り禁止《きんし》です。まして、子《こ》どもなんか、ぜったい入《はい》らせてもらえません。

（このことは、……ぜったいないしょにしておかなくちゃ……）

サキは、肩《かた》でハアハアと息《いき》をしながら、そんなことを思《おも》わずにはいられませんでした。

「育《いく》ちゃん、ひとりでモグラトンネル通《とお》るなんてすごいね。あたし、ひとりだったらとってもこわい」

サキが言《い》うと、育《いく》ちゃんは、アーモンドのような目《め》をくりくりさせ、ちょっと首《くび》をかしげて話《はな》しました。

「あたしは、生《う》まれてから、ずうっーとここに住《す》んでるから、どこもかしこも、うちのなかみたいなもんなの。でも、モグラトンネルは、そうしょっちゅうは通《とお》らないよ。だってくたびれるもん」

それからちょっと声《こえ》をひそめて、

「あんなとこ、毎日平気《まいにちへいき》で通《とお》るのは、モグラのおじさんくらいのもんでしょ」

と言《い》いました。

「そうか、だからモグラトンネルっていうんだね」

「そ！」

育《いく》ちゃんはそこで立《た》ちあがると、ふんふん鼻歌《はなうた》を歌《うた》い、モグラのおじさんのまねをして、くねくねと手先《てさき》をまわしたりしながら、ぴょこんと飛《と》びあがったりしました。サキもまねしました。きみょうな踊《おど》りを自由《じゆう》に踊《おど》る意外《いがい》なおもしろさにびっくりしながら。

それからふたりは、でこぼこの屋上《おくじょう》をひとしきり走《はし》りまわったあと、こんどは、ガラスのドアのほうから帰《かえ》ることにしました。おなじらせん階段《かいだん》でも明《あか》るいし、手品師《てじなし》の絵《え》の扉《とびら》までは、ちょっとくるくるするだけです。

「ぱたぽんぱたぽん　わたしのぼうし
ぱたぽんぱたぽん　あなたのぼうし
お花《はな》がさいてる　はっぱがゆれてる
わたしたちのぼうし　ぱたぽんぽん」

ふたりは、いっしょに歌《うた》いながら、くるくると段《だん》をおりると、ギイッと扉《とびら》を開《あ》けて、五階《かい》の廊下《ろうか》に出《で》ました。

育《いく》ちゃんの部屋《へや》の白《しろ》い扉《とびら》は閉《し》まっていました。でも育《いく》ちゃんは、ドアを開《あ》けて帰《かえ》ってしまうかわりに、

「階段《かいだん》のところまで送《おく》ってくね！」

と言《い》って、いっしょに来《き》てくれました。

ふたりは、つないだ手《て》をふりながら、扉《とびら》のならんだ廊下《ろうか》を歩《ある》きました。

「ねえ、なんなの？『猫《ねこ》の事務所《じむしょ》』って……」

サキは、育《いく》ちゃんの手《て》をぐいとおさえるようにして立《た》ちどまると、小声《こごえ》で聞《き》いてみました。この看板《かんばん》が目《め》に入《はい》るたび、気《き》になっていたのです。

すると育《いく》ちゃんは、しいっと合図《あいず》をし、ならんで扉《とびら》の前《まえ》にしゃがむようにうながしました。そして、郵便《ゆうびん》の差《さ》し入《い》れ口《ぐち》を、そうっと向《む》こうに押《お》し開《ひら》きました。

頭《あたま》をくっつけるようにしてのぞきこむと、なかのようすが、ようやく見《み》えました。もっとも、コート掛《か》けや、ついたてにさえぎられているため、なかをすっかり見《み》ることはできません。そのすきまから、どうにかのぞける部屋《へや》でさえ、まるで、ぼんやりしたもやのなかに沈《しず》んだ、遠《とお》くの風景《ふうけい》のようなのでした。

こげ茶色《ちゃいろ》の四角《しかく》い事務机《じむづくえ》をかこんで、白《しろ》いワイシャツのおじさんたちが、ぜんぶで五、六人《にん》いたでしょうか。まるめがねをかけた人《ひと》もいれば、耳《みみ》のうしろに鉛筆《えんぴつ》をはさんだ人《ひと》もい

ます。けれど、そでのところに黒《くろ》いカバーをつけているのは、どの人《ひと》もおなじでした。その人《ひと》たちは、音《おと》もなく、書類《しょるい》をめくったり、鉛筆《えんぴつ》で書《か》きものをしたり、かと思《おも》うと、歯《は》を出《だ》してとなりの人《ひと》に顔《かお》だけでわらいかけたりしているのでした。

壁《かべ》には、すこしべこべこと波《なみ》うったような地図《ちず》や鉄道路線図《てつどうろせんず》が貼《は》ってあるほか、金物《かなもの》の取《と》っ手《て》がラベルになった引《ひ》き出《だ》しがいくつもついた木《き》の物入《ものい》れや、紺色《こんいろ》の背表紙《せびょうし》の書類《しょるい》がならぶ本《ほん》だながおいてありました。

わらっている人《ひと》もいたというのに、

全体《ぜんたい》が、なにもかも、まじめに見《み》えました。そのうえ、猫《ねこ》に関係《かんけい》のありそうなものなど、とくに見当《みあ》たらないのでした。いったい、どこが猫《ねこ》の事務所《じむしょ》だというのでしょう。

ふたりは、そうっと郵便口《ゆうびんぐち》からはなれました。歩《ある》きだしながら、育《いく》ちゃんが小声《こごえ》でおしえてくれました。

「あそこ、旅行会社《りょこうがいしゃ》なんだって。かいいんせいとかいって、決《き》まったお客《きゃく》さんだけに、切符《きっぷ》を売《う》ってくれるんだって」

「どうしてそれが猫《ねこ》の事務所《じむしょ》なんだろう?」

「最初《さいしょ》の社長《しゃちょう》さんが、猫野《ねこの》さんていったんだって」

「なあんだ!」

サキは、拍子《ひょうし》ぬけして、思《おも》わずふきだしてしまいました。

「だから前《まえ》は『の』が漢字《かんじ》で書《か》いてあったんだけど、あるとき気《き》がついたら、ひらがなの看板《かんばん》にすり変《か》えられてたんだって。それからずっとそのままってわけ。ビルに住《す》んでた、いたずらな絵描《えか》きさんたちのしわざらしいの。だってね、

『猫《ねこ》の事務所《じむしょ》』ってお話《はなし》があるんだけど、意地悪《いじわる》な猫《ねこ》が働《はたら》いてる、しょうもない事務所《じむしょ》のお話《はなし》なんだよ」

サキはおどろき、育《いく》ちゃんは肩《かた》をすくめてクスッとわらいました。

育《いく》ちゃんは、それからまた、ちょっとなにか言《い》いかけたようでしたが、もうそこは階段《かいだん》でした。

「じゃあ、また遊《あそ》ぼう？　明日《あした》とか」

「うん、わかった、明日《あした》ね！」

ふたりは、手《て》をふって別《わか》れました。

三階《かい》へおりる階段《かいだん》へさしかかると、四、五人《にん》のおばさんたちが廊下《ろうか》にいるのが見《み》えました。おばさんたちは、なにやら話《はな》しながら廊下《ろうか》の左右《さゆう》に目《め》を走《はし》らせ、やがて、「あ、ほら、あのつきあたりじゃない？」「そうね、ドアが開《あ》いてるし」などと言《い》いあってから、そろって歩《ある》き出《だ》しました。晴子《はるこ》さんの画廊《がろう》をたずねてきたお客《きゃく》さんたちのようでした。さっきはまだ閉《し》まっていたはずでしたが、もう開《あ》いたのでしょう。

そんなおばさんたちは、すこしもめずらしくないはずなのに、サキはためらいがちに、すこし離《はな》れて歩《ある》いていきました。画廊《がろう》もあれば、『猫《ねこ》の事務所《じむしょ》』のような旅行会社《りょこうがいしゃ》だってあるのですから、だれかかれかが、ビルの出入《でい》りをしているのはあたりまえなのに、人《ひと》に出会《であ》ったのははじめてでしたし、さっきまでサキをとりまいていたものとはどこかちがうものが、いきなり出《で》てきたようで、つい、とまどったのでした。

サキは、おばさんたちが画廊《がろう》のなかに消《き》えたあと、つまさきだちで入《い》り口《ぐち》に近《ちか》づいて、貼《は》ってあるポスターをながめました。なんの形《かたち》かわからない線《せん》が、ぐるぐる引《ひ》いてある絵《え》の下《した》に、「なんとか展《てん》」と読《よ》めない漢字《かんじ》で名前《なまえ》が書《か》いてありました。そういえば、これとおなじものが、玄関《げんかん》ホールの掲示板《けいじばん》にも貼《は》ってありました。

(ふうん……)

サキは、そっと引《ひ》き返《かえ》し、自分《じぶん》の部屋《へや》にもどりました。

部屋《へや》では、お母《かあ》さんが、パソコンの画面《がめん》をにらんでうなっていました。出《で》かける前《まえ》に心配《しんぱい》するわりに、ぶじに帰《かえ》りついたのを見《み》ると、

「ああお帰《かえ》り！」

と、安心《あんしん》して、それでおしまい、ということが多《おお》いのです。

（あたし、けっこうこわいことしてきたんだけどなあ。すり傷《きず》でもつけてこないと、なんにもなかったと思《おも》ってるんだから、お母《かあ》さんたら）

サキは、そう思《おも》いながら、すましてチルルの世話《せわ》をはじめました。かごの底《そこ》に散《ち》らかったエサを捨《す》てて、あたらしいのを入《い》れてやったり、水《みず》をとりかえてやったりするのです。

（ねえチルル、モグラのおじさんてのがいるんだけどね、地下室《ちかしつ》に住《す》んでるの。本《ほん》の山《やま》のなかに頭《あたま》つっこんでるんだって、おかしいでしょ？）

心《こころ》のなかでチルルに話《はな》しかけながら、サキは、『猫《ねこ》の事務所《じむしょ》』のときのように、郵便口《ゆうびんぐち》からなかをのぞいている育《いく》ちゃんの姿《すがた》を想像《そうぞう》しました。でも、サキ

はそこで、ちょっと手《て》を休《やす》めました。あの板《いた》のようなドアにくっついていた、巣箱《すばこ》のような郵便箱《ゆうびんばこ》を思《おも》い出《だ》したのです。あんなふうに郵便箱《ゆうびんばこ》を付《つ》けているのは、ドアに、郵便口《ゆうびんぐち》がついていないためなのではないでしょうか。

「……ま、いいけど……」

サキは、つい声《こえ》に出《だ》してつぶやきました。すると、

「ま、いいけど、帽子《ぼうし》くらい脱《ぬ》いだら？」

と、お母《かあ》さんが、パソコンごしにサキを見《み》て言《い》いました。

サキは、かぶったままだった帽子《ぼうし》を脱《ぬ》ぎました。そのとたん、地下《ちか》から屋《おく》上《じょう》まで、らせん階段《かいだん》をのぼりつづけたことが、自分《じぶん》に起《お》こったことなのか、それとも、物語《ものがたり》のなかのことだったのか、ぼんやりぼやけてきたのでした。『あめひめさま』のお話《はなし》を聞《き》いたりしたために、ますます、本当《ほんとう》とお話《はなし》とが、まじってしまったのかもしれません。でも、そのお話《はなし》を聞《き》いたのは、まぎれもなく、あの階段《かいだん》をのぼっている途中《とちゅう》のことだったのですから、やっぱり、あれは本当《ほんとう》のことに決《き》まっていました。

サキは、となりの部屋《へや》にいくと、

「あたし、お昼《ひる》ごはんまで、ちょっと横《よこ》になる……」

と、言《い》うなりベッドにころがると、うとうとと、眠《ねむ》ったのでした。

第10章　秘密《ひみつ》のメモ

春休《はるやす》みの最後《さいご》の日《ひ》でした。

サキは、朝《あさ》、ベッドのなかで目《め》を覚《さ》ましたときには、もう、育《いく》ちゃんのことを考《かんが》えていました。

育《いく》ちゃんのことを思《おも》いえがこうとすると、現《あらわ》れてくる姿《すがた》はひとつでした。あの帽子《ぼうし》をかぶり、緑《みどり》のちょうちん形《がた》のスカートをはき、セーラーえりのついたブラウスを着《き》た姿《すがた》です。だって、それ以外《いがい》の服《ふく》を着《き》ているところを見《み》たことがなかったのですから。実際《じっさい》、あれは、ずいぶん変《か》わったかっこうでしたが、それをぜんぜん取《と》り替《か》えないというのも、考《かんが》えてみれば変《か》わっていました。

でも、いっしょにいて、育《いく》ちゃんのことを

トンチンカンだと感《かん》じることは、一度《ど》もありませんでした。それどころか、まるで感《かん》じのいい子《こ》でした。それなのに、ひとりになってみると、どうしてこんなに不思議《ふしぎ》な感《かん》じにつつまれるんだろうと、サキはそこがわからないのでした。結局《けっきょく》のところ、ああいうかっこうのせいなのでしょうか。

（うちに来《き》てもらって、育《いく》ちゃんがお母《かあ》さんとしゃべったりしたら、きっともう、そんなふうに思《おも》わないかもしれない……。そうだよ、今度《こんど》こそ、ううん、今日《きょう》こそ、うちで遊《あそ》ぼう！　それに今日《きょう》、いっしょに遊《あそ》ぶ約束《やくそく》したもの！）

そう決《き》めると、すこしでも早《はや》くベッドからぬけだしたくなって、サキは、はねおきたのです。

朝《あさ》ごはんを食《た》べながら、サキは、「育《いく》ちゃんて子《こ》がいてともだちになったの。今日《きょう》、うちに遊《あそ》びに来《き》てもらっていいでしょ？」と、言《い》おう言《い》おう、と思《おも》いました。でも、テレビのニュースを見《み》ていたお父《とう》さんが先《さき》になにか言《い》い、お母《かあ》さんがそれに返事《へんじ》をしているうちに、言《い》いたい気持《きも》ちは、だんだんひっこんでい

きました。そして、

「そうだ、午前中《ごぜんちゅう》に買《か》いものに行《い》こう。ほら、サキちゃんの上靴《うわぐつ》、買《か》わなくちゃならなかったでしょ、忘《わす》れるところだった」

と言《い》いだしたお母《かあ》さんにつられて、話《はなし》は明日《あした》からはじまる学校《がっこう》のことや、行《い》き帰《かえ》りの電車《でんしゃ》のことなどにうつっていったのです。

(育《いく》ちゃんと遊《あそ》ぶのは、買《か》いものから帰《かえ》ってからにしよう。うちに来《き》てもらうかどうか、そのときに考《かんが》えればいいや)

サキはそう思《おも》いました。

それでも、街《まち》のお店《みせ》が開《あ》くのは、たいがい十時《じ》でしたから、朝食《ちょうしょく》のあとも、まだ時間《じかん》がありました。サキは、昨日《きのう》からなんとなく心《こころ》にひっかかっていたことが、やっぱり気《き》になり、たしかめてみたくなりました。

「ほんのちょっとだけ朝《あさ》の運動《うんどう》をしてくる」

そう言《い》いながら帽子《ぼうし》をかぶって、掃除機《そうじき》をかけていたお母《かあ》さんをつつくと、お母《かあ》さんは、

「それ、まるで、このビル専用《せんよう》のおでかけ帽子《ぼうし》みたいね」

と言《い》って、くすっとわらいました。


足音《あしおと》をしのばせてモグラのおじさんのすみかの前《まえ》まで進《すす》んだサキは、緑色《みどりいろ》に塗《ぬ》ってある板《いた》の扉《とびら》をじいっとみつめました。思《おも》ったとおり、郵便《ゆうびん》の差《さ》し入《い》れ口《ぐち》は、どこにもついていませんでした。しまいに背《せ》をかがめて、鍵穴《かぎあな》をのぞいてみましたが、奥《おく》はただ黒《くろ》いだけでした。

（育《いく》ちゃん、おじさんが本《ほん》の山《やま》に頭《あたま》をつっこんでるとこなんて、どうやってのぞいたんだろう……）

サキは、ぼんやりと階段《かいだん》までもどると、手《て》すりのはじの柱《はしら》にのった、まるい大《おお》きな木《き》の玉《たま》に手《て》をのせました。

手《て》のひらに吸《す》いつくようなつるりとした玉《たま》の表面《ひょうめん》が気持《きも》ちよかったので、ぎゅっとにぎったまま、階段《かいだん》を一段《だん》、二段《だん》とあがりました。

すると手《て》のなかで、それが、ぎゅるっとまわったのでした。

（あ、いけない……。とっちゃうところだった）

サキは、ネジがきつくしまるところまで、玉《たま》をもとにもどしました。でもそのあとで、ただなんということもない好奇心《こうきしん》がふくらみました。（まわせばはずれるんだ）と思《おも》ったとたん、ちょっとまわしてみたくなったのです。そこで、一度《ど》しめたネジを、きゅるきゅるとゆるめていき、まるい玉《たま》を、そっとはずし、なかをのぞいてみました。

すると穴《あな》の底《そこ》に、小《ちい》さくたたんだ布《ぬの》きれが敷《し》いてあり、玉《たま》のネジに押《お》さえられた跡《あと》がまるくついているのが見《み》えたのでした。玉《たま》をしっかりおさめるために敷《し》いてあったのでしょう。

でもそれから、あっ……と思《おも》いました。このきれの模様《もよう》は……。サキは帽子《ぼうし》を脱《ぬ》いで、底《そこ》に敷《し》かれた布《ぬの》きれと、帽子《ぼうし》の小花模様《こばなもよう》の部分《ぶぶん》とを見《み》くらべてみました。まちがいなく、おなじきれでした。

育《いく》ちゃんが持《も》っていたはずのきれが、どうしてそんなところに使《つか》われているのでしょう。サキは、穴《あな》のなかに指《ゆび》を差《さ》し入《い》れ、たたんである小花模様《こばなもよう》のきれを、そうっとつまみだしました。するときれのやわらかさとはちがう、なにかカサッというような手《て》ごたえを感《かん》じたのです。サキは、たたんだ小《ちい》さなきれを、そっと開《あ》けてみました。おどろいたことに、三つにたたんだ、小《ちい》さな紙《かみ》きれがつつまれていたのです。サキは、ドキドキしながら、紙《かみ》を開《ひら》きました。鉛《えん》筆《ぴつ》でなにか書《か》いてありました。

明日ノオヒルがスンダラ屋上デ i

「I《アイ》は、IKU《イク》ってこと……？」

サキは、文字通《もじどお》り目《め》をぱちくりさせました。

「どうして……どうして……？」

サキが今《いま》、こんなところを開《あ》けてみたのは、気《き》まぐれ以外《いがい》のなにものでもありません。そもそも地下室《ちかしつ》におりて来《き》たのだって！　この偶然《ぐうぜん》がふたつかさならなければ、このメモは永遠《えいえん》に読《よ》まれなかったかもしれないのです。

「育《いく》ちゃんて、まるで魔法《まほう》が使《つか》えるみたい……」

サキは、心《こころ》の底《そこ》からおどろきながら、紙《かみ》きれをポケットにしまい、きれだけをなかにもどしました。そして、ふたたび玉《たま》をはめこむと、帽子《ぼうし》をかぶり直《なお》し、いっそうもやもやしてきた気持《きも》ちをかかえて、階段《かいだん》をのぼっていきました。


サキとお母《かあ》さんは、またふたりで部屋《へや》を出《で》ました。育《いく》ちゃんと遊《あそ》ぶ約束《やくそく》が明日《あした》に伸《の》びたのは残念《ざんねん》だったけれど、安心《あんしん》して出《で》かけられる気《き》もしました。それに、育《いく》ちゃんがますます不思議《ふしぎ》に思《おも》えてきた今《いま》は、なんとなく、お母《かあ》さんといっしょにいたい気分《きぶん》なのでした。いずれにしろ、新学期《しんがっき》にいるものは買《か》いそろえなければならないのですし。

一階《かい》までおりて、玄関《げんかん》ロビーを歩《ある》きはじめたとき、外《そと》に出《で》ていこうとする親《おや》子《こ》づれのうしろ姿《すがた》が目《め》に入《はい》りました。みつあみのおさげがぴんとつきたった、ジーンズをはいた、サキくらいの女《おんな》の子《こ》が、お母《かあ》さんらしい人《ひと》といっしょに、重《おも》い扉《とびら》を押《お》し開《あ》けて、それからいっしょに出《で》ていったのです。

「このビルに、あんな子《こ》がいたのねえ……」

と、お母《かあ》さんは言《い》いかけて、

「あ、そういえば、晴子《はるこ》さん言《い》ってたわね。知《し》り合《あ》いの子《こ》がいるって。今《いま》の子《こ》のことかもしれないわね」

とつづけました。

（そうだったのかも……）

と、サキも思《おも》いました。晴子《はるこ》さんがその子《こ》の話《はなし》をしたとき、サキは、ひょっとすると育《いく》ちゃんのことかもしれないと思《おも》ってうれしくなったのです。育《いく》ちゃんが、ぐんと身近《みぢか》に感《かん》じられたから。でも今《いま》、あらたな女《おんな》の子《こ》を見《み》かけたことで、育《いく》ちゃんの姿《すがた》は、ふたたび、もやのなかに入《はい》りこんでいきました。

その上《うえ》、今《いま》の子《こ》の、ジーンズにパーカーという服装《ふくそう》が、サキをはっとさせました。

（そうだよ、あれがふつうの子《こ》のかっこうだよ、育《いく》ちゃんみたいな子《こ》、いないよ……）

裏通《うらどお》りを歩《ある》きだしながら、お母《かあ》さんが言《い》いました。

「晴子《はるこ》さん、ああ言《い》ったんだから、そのうちあの子《こ》とともだちになれるかもね。だけど、実際《じっさい》にはなかなか遊《あそ》べないもんよねえ、帰《かえ》りだって、遅《おそ》くなるだろうし。あら見《み》て。むこうから来《く》るの、大家《おおや》さんじゃない？」

お母《かあ》さんのいうとおり、近《ちか》づいてくるのは大家《おおや》さんでした。ビルに行《い》くのでしょう。

あいさつをかわしながら、すれちがったあとで、サキは、あの美術館《びじゅつかん》のようだった部屋《へや》のことを、はじめて思《おも》い出《だ》しました。そのとき、ずっと忘《わす》れていた、少女《しょうじょ》のブロンズ像《ぞう》が目《め》に浮《う》かんだのでした。下半身《かはんしん》がやけにまるい、帽子《ぼうし》をかぶった女《おんな》の子《こ》……。

（……そういえばあれって……育《いく》ちゃんの、ちょうちん形《がた》のスカートに似《に》てなかったっけ？……）

でも、ほんのすこし見《み》ただけのブロンズ像《ぞう》のことを、くっきりと思《おも》い出《だ》してみることはできませんでした。

おしゃれな表通《おもてどお》りで、上靴《うわぐつ》を売《う》ってるような店《みせ》をみつけるのはむずかしく、ふたりは、ガード下《した》の実用品《じつようひん》のならんだショッピング街《がい》まで行《い》って、用《よう》をすませました。そのあと、小《ちい》さな映画館《えいがかん》の前《まえ》を通《とお》りかかると、たまたま、見《み》たかった映画《えいが》がかかっていたので入《はい》ることにしました。見終《みお》わったときは、もうお昼《ひる》をとっくにまわっていたので、ふたりは、近《ちか》くのファーストフード店《てん》に寄《よ》ったりもしました。そんなにゆっくりと街《まち》ですごす予定《よてい》ではなかったのだけれど、なんといっても今日《きょう》が春休《はるやす》みの最後《さいご》の日《ひ》でしたし、お母《かあ》さんが会社《かいしゃ》に出《で》なくていいのも、今日《きょう》まででしたから。

電車《でんしゃ》に乗《の》ることもなく、うろうろと歩《ある》きまわっていただけなのに、人《ひと》ごみにいたせいか、帰《かえ》ったときは、やっぱりくたびれていました。

(育《いく》ちゃんも用《よう》ができたから、遊《あそ》ぶ約束《やくそく》のばしたんだろうなあ。上靴《うわぐつ》でも買《か》いに行《い》ったのかなあ……。それにしても不思議《ふしぎ》だなあ……)

サキは、ポケットのなかのメモをそっと取《と》り出《だ》し、またしまいました。そして、その日《ひ》はもう部屋《へや》を出《で》ることなく、チルルをかごから出《だ》して、ひとりでおとなしく遊《あそ》び、新学期《しんがっき》の用意《ようい》をしたのでした。

第11章　屋上《おくじょう》で

　まだ眠《ねむ》ったままのような、しんとした朝《あさ》の街《まち》をぬけ、電車《でんしゃ》に乗《の》ってのはじめての登校《とうこう》は緊張《きんちょう》しました。でも、ちゃんとやれました。あたらしい教室《きょうしつ》であたらしい学年《がくねん》をむかえるのも、やっぱりすこしは緊張《きんちょう》しました。けれど、クラスの生徒《せいと》も先生《せんせい》もおなじですから、いったんなかに入《はい》ってしまえば変《か》わったことなどなにもありません。

　帰《かえ》りは、駅《えき》のすぐ近《ちか》くに住《す》んでいるともだちといっしょに駅《えき》まで来《き》たあと、まちがわずに電車《でんしゃ》に乗《の》れました。

　電車《でんしゃ》の座席《ざせき》にすわって、ほっとしたとき、サキは、やっと落《お》ち着《つ》いて、育《いく》ちゃんのことを考《かんが》えました。お昼《ひる》を食《た》べたら屋上《おくじょう》で遊《あそ》ぶのだと思《おも》うと、楽《たの》しみが、ぐっとこみあげてきました。

(育《いく》ちゃんの学校《がっこう》も、今日《きょう》が始業式《しぎょうしき》だったんだろうな。でなきゃ、お昼《ひる》からっていわないよね……)

けれど、育《いく》ちゃんがランドセルをしょって登校《とうこう》したり、教室《きょうしつ》のなかで委員《いいん》を決《き》めたりするところを想像《そうぞう》しようとすると、とても変《へん》な感《かん》じがしました。それはたとえば、むかし話《ばなし》のなかにしか住《す》んでいない「赤《あか》ずきんちゃん」だとか「しらゆきひめ」が教室《きょうしつ》にいるところを想像《そうぞう》しようとするのに似《に》ていたからかもしれません。つまり、まるで不自然《ふしぜん》なのでした。

(そうなんだ……育《いく》ちゃんて、なんだか、むかし話《ばなし》のなかの子《こ》どもみたいなんだ……)

電車《でんしゃ》にゆられながら、サキはそんなことを思《おも》い、それでも、今日《きょう》の約束《やくそく》のことを思《おも》うと、うれしくなるのでした。

お母《かあ》さんは、今日《きょう》から仕事《しごと》でしたから、サキは、鍵《かぎ》を開《あ》けて入《はい》り、用意《ようい》してあるお昼《ひる》ごはんをひとりで食《た》べなければなりませんでした。けれど、これはかえっていいあんばいでした。気《き》ままに出《で》ていけましたから。

おおいそぎでお昼《ひる》をかきこんだサキは、「ぱたぽんぱたぽん」と、鼻歌《はなうた》さえ歌《うた》いながら帽子《ぼうし》をかぶり、屋上《おくじょう》に向《む》かったのです。

しんとした五階《かい》の廊下《ろうか》を手品師《てじなし》の絵《え》を目《め》ざして歩《ある》いていき、白《しろ》い扉《とびら》の前《まえ》にきたとき、サキは、足《あし》を止《と》め耳《みみ》をすましました。足音《あしおと》とともに育《いく》ちゃんが扉《とびら》から出《で》てくるかもしれないと期待《きたい》したのですが、空《あ》き部屋《べや》の前《まえ》にいるような感《かん》じは、今日《きょう》も変《か》わりませんでした。

サキは、手品師《てじなし》のおじさんの目《め》をちらっと見《み》ただけですぐに目《め》をそらし、おじさんの細《ほそ》い人《ひと》さし指《ゆび》の先《さき》にある金具《かなぐ》を思《おも》い切《き》ってバチンと押《お》しました。ひとりでこんなことをするのは、勇気《ゆうき》のいることでした。

屋上《おくじょう》には、見《み》たところ、だれの姿《すがた》もありませんでした。といっても、見晴《みは》らしをさえぎるものだらけなのですから、歩《ある》いてみなければわかりません。サキは、育《いく》ちゃんの花畑《はなばたけ》に向《む》かいました。

育《いく》ちゃんはいませんでした。でも、自分《じぶん》のほうが先《さき》だったのかもしれないし、花畑《はなばたけ》以外《いがい》のところにいるのかもしれません。サキは、屋上《おくじょう》を歩《ある》きまわり、ところどころにあるピラミッド型《がた》の壁《かべ》のうしろをのぞきました。そして、いちばんはじのさくのところまでたどりついたのです。さくの向《む》こうにそびえていたのは、うぐいす色《いろ》の壁《かべ》でした。このビルの裏《うら》に建《た》つ細《ほそ》いビルです。高《たか》い建物《たてもの》でしたから、ここよりはいくらかあたらしいのかもしれませんが、くすんだ裏壁《うらかべ》を見《み》るかぎり、いずれ、古《ふる》いビルに変《か》わりはなさそうでした。

手《て》を伸《の》ばせば壁《かべ》に触《ふ》れるくらい近《ちか》そうに見《み》えたけれど、ほんとうは、手《て》を伸《の》ばしても届《とど》かないくらいには離《はな》れていました。首《くび》を突《つ》き出《だ》すと、ずうっと下《した》のほうに、ふたつのビルにはさまれた、日《ひ》の当《あ》たらない細長《ほそなが》い地面《じめん》が見《み》えます。

(あれ？　あれってなんだろう？)

何階《なんかい》くらいの高《たか》さに当《あ》たるのでしょうか。うぐいす色《いろ》の壁《かべ》のはじのほうに、一部分《いちぶぶん》、ペンキが塗《ぬ》られているのが見《み》えたのです。緑《みどり》や赤《あか》や……とにかく、なにかきれいな絵《え》のような……。

サキは、さくづたいに屋上《おくじょう》の角《かど》まで進《すす》んでいき、首《くび》をのばしました。そのとき、ピップーッと口笛《くちぶえ》が聞《き》こえたのです。

「あっ、育《いく》ちゃん！」

サキはふりむいて手《て》をふりました。帽子《ぼうし》をかぶり、緑《みどり》のちょうちんスカートをはいた育《いく》ちゃんが、ピラミッドのかげから現《あらわ》れ、こちらに向《む》かって走《はし》ってくるのが見《み》えました。

育《いく》ちゃんは、そばに来《く》るなり、顔全体《かおぜんたい》をくりくりかがやかせながら、

「ここにいたなんて、びっくり！　よかった、会《あ》えて！」

と、息《いき》をはずませ、言《い》いました。そして、サキがメモのことを言《い》いだすより早《はや》く、サキの肩《かた》に手《て》をかけてうしろを向《む》かせると、壁《かべ》の下《した》のほうを指《ゆび》さしながら、

「ね、サキちゃん、あれ見《み》てたんじゃない？　なんだろうって思《おも》ったでしょ？」

とたずねました。

サキもたちまち、きれいなペンキに気持《きも》ちが引《ひ》きもどされました。育《いく》ちゃんが、自分《じぶん》たちのいるビルの下《した》のほうを指《さ》して言《い》いました。

「ほら、ちょっと下《した》のほう、窓《まど》のよろい扉《とびら》が開《ひら》いてるのが見《み》えるでしょ？　あの部屋《へや》の窓《まど》から外見《そとみ》るとね、裏《うら》にこんなビルが建《た》ってるって、うそみたいなんだよ。広《ひろ》いお庭《にわ》があるみたいに見《み》えるの。ずっと奥《おく》まで花《はな》が咲《さ》いてるみたいに」

なるほど、ペンキの部分《ぶぶん》とちょうど向《む》きあったあたりのこのビルの壁《かべ》からは、よろい扉《とびら》が外《そと》に向《む》かって開《ひら》かれているのが見《み》えるのでした。

「うわあ、いいこと考《かんが》えたねえ！　窓《まど》から、ながーい筆《ふで》でかいたんだろうねえ！　あれも、いたずらな絵描《えか》きさんたちのしわざ？」

「かもね！　だけど、むずかしかっただろうね、上手《じょうず》にかくの。ここからじゃよくわかんないと思《おも》うけど、窓《まど》から見《み》ると、ほんとに上手《じょうず》なの。ほんとに、ほんものみたいなんだから」

「育《いく》ちゃん、あそこの部屋《へや》にも入《はい》ったことあるの？」

「うん、まあね。あっ、そうだ！　ねえサキちゃん、のぞきに行《い》かない？　部《へ》屋《や》に入《はい》らなくても、ちゃんと見《み》る方法《ほうほう》があるの。それに、たぶん今《いま》、おもしろいことやってるはずなんだ。モグラのおじさんもいるよ、ね、行《い》こう？」

育《いく》ちゃんが、いたずらっ子《こ》のように、目《め》をキラッとさせながら、横目《よこめ》でサキを見《み》ました。

「行《い》く！」

サキはもう、とたんにわくわくしました。ふたりは手《て》をつなぎ、わらいながら、屋上《おくじょう》を走《はし》りぬけました。

手品師《てじなし》の扉《とびら》から出《で》たふたりは、廊下《ろうか》をかけぬけ、階段《かいだん》をおりました。といっても五階《かい》と四階《かい》の踊《おど》り場《ば》までです。育《いく》ちゃんは、サキがいつも気《き》になっていた、そこからはじまる、どうくつのような壁《かべ》の向《む》こうの廊下《ろうか》

へと、入《はい》りこんでいったのでした。

「……ねえ、ここって何階《なんかい》っていうの?」

サキは、ついひそひそ声《ごえ》になって聞《き》きました。

「そりゃあ四階半《かいはん》っていうんだよ」

と、育《いく》ちゃんも、ひそひそ声《ごえ》で答《こた》えました。

廊下《ろうか》の壁《かべ》には、ドアがところどころついていましたが、育《いく》ちゃんは、ずんずん進《すす》みました。サキは、ドアの前《まえ》を通《とお》るたびに、ちらっちらっと横目《よこめ》で見《み》ました。思《おも》い思《おも》いのデザインに、つい目《め》がうばわれるのです。育《いく》ちゃんが、とうとう立《た》ちどまり、

「ここんちよ」

と言《い》って、右側《みぎがわ》の壁《かべ》についたドアを指《ゆび》さしました。それは、たがでしばったこげ茶色《ちゃいろ》の樽《たる》のような扉《とびら》でした。なんと書《か》いてあるのかわからない外国語《がいこくご》の看板《かんばん》が、くさりの下《した》にぶらさがっています。

(いったい、どうやってのぞくっていうんだろ……)

サキは、モグラのおじさんの部屋《へや》を思《おも》いだしました。この扉《とびら》にも、のぞけるような郵便《ゆうびん》の差《さ》し入《い》れ口《ぐち》など見《み》あたらなかったし、かりにそんなものがあったところで、窓《まど》を通《とお》して裏《うら》のビルの壁《かべ》を見《み》るなんて、きっと無理《むり》です。すると育《いく》ちゃんは、

「こっち、こっち！」

と、手《て》まねきをしました。

第12章　バルコニーへ

育《いく》ちゃんは、もうすこし先《さき》まで進《すす》んで立《た》ちどまりました。と言《い》っても、そこでもう廊下《ろうか》は行《い》きどまりです。ただ、ドアとおなじ右手《みぎて》の壁《かべ》に、小《ちい》さな窓《まど》がついていたのでした。真《ま》四角《しかく》のステンドグラスの窓《まど》で、小鳥《ことり》が花《はな》を一輪《りん》、くちばしにはさんだ模様《もよう》が、何色《なんしょく》かのガラスで描《えが》かれていました。でも、花《はな》びらの部《ぶ》分《ぶん》にだけは、透明《とうめい》のガラスがはめこまれていました。

サキは背伸《せの》びをして、透明《とうめい》の花《はな》びらから向《む》こう側《がわ》をのぞいてみました。すると先《さき》のほうに、裏《うら》のビルの、うぐいす色《いろ》の壁《かべ》が見《み》えました。けれど、目《め》をすこし下《した》に向《む》けると、見《み》えたのはバルコニーのコンクリートのゆかでした。部屋《へや》の窓《まど》についたバルコニーです。その部屋《へや》はビルの角《かど》にあったので、うぐいす色《いろ》のビルのある北側《きたがわ》ばかりではなく、西側《にしがわ》にも窓《まど》がありました。その窓《まど》にバルコニーがついていたのです。

「サキちゃんて、おてんば？」

となりに立《た》っていた育《いく》ちゃんが聞《き》きました。そんなことをふいに聞《き》かれて、サキはとまどいました。運動《うんどう》はへたくそでしたが、だからって、とんだりはねたりがきらいなわけではありません。それに、今日《きょう》ここでは、なんだかだんぜん、おてんばになりたい気分《きぶん》でした。

「うん、おてんばだよ」

と、サキは答《こた》えました。育《いく》ちゃんは、アーモンド形《がた》の目玉《めだま》をくりくりさせて、ほっとわらいました。そして、ステンドグラスの窓《まど》を、ギイッと開《あ》けたのです。

サキにくらべると、育《いく》ちゃんは、小《ちい》さくてころりとしていました。ところが、そんな育《いく》ちゃんが、胸《むね》ほどの高《たか》さの窓《まど》わくに手《て》をかけたと思《おも》うと、ぽーんととびあがったのでした。まるで、よくはずむゴムまりみたいに。そして、からだがやっと通《とお》るくらいの小窓《こまど》に頭《あたま》をつっこみ、こちらに残《のこ》った、まるくしまったふくらはぎをすこしバタバタさせたと思《おも》うと、するっと窓《まど》の向《む》こうに消《き》えたのでした。

バルコニーに、とんと着地《ちゃくち》した育《いく》ちゃんが、窓《まど》からこちらを見《み》あげて、

「さ、今《いま》みたいにやって！」

とささやきました。

サキはドキドキしました。おてんばになりたいと思《おも》ったところで、できないものはできません。でも、もじもじしている場合《ばあい》ではありませんでした。サキは、やみくもにとびあがりました。するとなんと、一度《ど》でうまくいきました。今度《こんど》はバランスをくずさないようにして、小《ちい》さな窓《まど》をくぐりぬける番《ばん》です。頭《あたま》とからだを出《だ》し、足《あし》を一本出《ぽんだ》したところで、窓《まど》のへりにしっかりつかまって向《む》

きを変《か》え、育《いく》ちゃんに押《お》さえてもらいながら、あとの一本《ぽん》も、そうっと出《だ》しました。それから、思《おも》いきって、バルコニーにぽんととびおりました。

「じょうずじょうず！」

ひそひそ声《ごえ》で言《い》いながら、育《いく》ちゃんは、すばやく窓《まど》を閉《し》めました。そして、すぐにしゃがむようにサキをうながしました。

ふたりは、しゃがんだままのかっこうで、部屋《へや》の窓《まど》へ近《ちか》づき、窓《まど》の下《した》で、しばらくじっとしていました。部屋《へや》のなかから話《はな》し声《ごえ》が聞《き》こえます。しんとした廊下《ろうか》のようすからは考《かんが》えられないくらい楽《たの》しそうなわらい声《ごえ》や、食器《しょっき》がカチャッというような、かすかな音《おと》も聞《き》こえました。

「……もうすこし右《みぎ》に立《た》ってみたら？……」

「……あ、このコーヒーおいしい……」

「うん、顔《かお》はその向《む》きがいいね」

男《おとこ》の人《ひと》や女《おんな》の人《ひと》の声《こえ》が聞《き》こえます。なかでなにをやっているのか、見《み》たくてたまらないけれど、のぞき見《み》だなんてドキドキします。

でも、それよりもっと、サキの心《こころ》をいっぱいにしていたのは、育《いく》ちゃんと息《いき》をひそめてしゃがんでいる、というそのことでした。こうやって、からだをくっつけながら……。しかも、この感《かん》じは、前《まえ》にも知《し》っていたようななつかしい感《かん》じなのでした。遊《あそ》んだことなんて、ほんのすこししかないのに。それなのに、もっとずっと前《まえ》、ずっとむかしから知《し》っていたような、なつかしさなのでした……。

古《ふる》い、しっくい壁《かべ》のざりざりした感《かん》じが背中《せなか》から伝《つた》わり、むかしむかしからしみついたカビのようなにおいが、春《はる》のにおいと混《ま》じりあって鼻《はな》をさしました。目《め》の前《まえ》にせまる、西《にし》どなりのビルのジグザグの非常階段《ひじょうかいだん》、遠《とお》くから伝《つた》わる街《まち》のざわめき、背中《せなか》のうしろの部屋《へや》のざわめき……。そんななにもかもが、しゃがんだサキをつつみました。

育《いく》ちゃんが、サキの腕《うで》をつついて合図《あいず》しました。ふたりは、音《おと》をたてずに向《む》きを変《か》え、すこしずつ背中《せなか》をのばしていきました。部屋《へや》から見《み》たら、おかしな模様《もよう》の小山《こやま》がふたつ、窓《まど》わくからゆっくりせりあがって来《く》るように見《み》えたこと

でしょう。でも、見《み》た人《ひと》はいませんでした。ふたつの小山《こやま》のほうが、なかのみんなを見《み》たのです。

思《おも》ったよりもずっと広々《ひろびろ》とした部屋《へや》のなかに、数人《すうにん》の男《おとこ》の人《ひと》や女《おんな》の人《ひと》がいました。みな全体《ぜんたい》に黒《くろ》っぽい色《いろ》の、T《ティー》シャツにズボンといったラフな格好《かっこう》をしていて、足《あし》を組《く》んで椅子《いす》に座《すわ》っていたり、コーヒーカップを持《も》って立《た》っていたり、あるいは、腕《うで》を組《く》んでつっ立《た》っていたりしました。どの人《ひと》も、サキたちに横顔《よこがお》を向《む》けながら、おなじほうを見《み》ています。気《き》がつけば、そのなかには、たしかにモグラのおじさんもまじっていました。おじさんは、筒《つつ》にまるめた紙束《かみたば》を持《も》ち、耳《みみ》に鉛筆《えんぴつ》をはさんでいました。

サキは、すこし首《くび》をのばし、みんなが見《み》ているほうに目《め》をやりました。するとそこには、すその長《なが》い青《あお》いドレスを着《き》たおだんご頭《あたま》のおばさんと、ふちに刺《し》繍《しゅう》のある赤《あか》いスカートをはいた、少女《しょうじょ》のように若《わか》い女《おんな》の人《ひと》が立《た》っていたのです。なんだか、外国《がいこく》のお話《はなし》に出《で》てくるような姿《すがた》でした。とは言《い》っても、女王《じょおう》さまとお姫《ひめ》さまというのではなく、質素《しっそ》に暮《く》らしている、まじめなおくさんと娘《むすめ》さん、といったようすです。

ふたりの向《む》こうには窓《まど》があり、花柄《はながら》のカーテンが左右《さゆう》に開《あ》けられ、ふさ掛《か》けで止《と》めてありました。窓《まど》の向《む》こうには、赤《あか》い花《はな》の咲《さ》く庭《にわ》が広《ひろ》がっています。そのあいだをぬうようにして、感《かん》じのよさそうな小道《こみち》も、ずっと奥《おく》までつづいていました。


……と思《おも》ったけれど、あれこそは、壁《かべ》にペンキで描《か》いた、にせものの庭《にわ》にちがいありませんでした。まったく、うまい具合《ぐあい》に見《み》えるものでした。本当《ほんとう》は、うぐいす色《いろ》のビルの壁《かべ》だなんて、まるで信《しん》じられません。

と、そのとき、青《あお》いドレスのおばさんが、いきなり、声《こえ》をあげたのでした。

第13章　おばさんと娘《むすめ》

「アーニャ、ぬい目《め》が曲《ま》がっているでしょう。まっすぐにしなけりゃ、お店《みせ》においてもらえないの。もう一度《ど》やり直《なお》してちょうだい」

青《あお》いドレスのおばさんは、眉間《みけん》にしわを寄《よ》せ、いらいらしたようすで、手《て》にしたスミレ色《いろ》のショールを娘《むすめ》のほうに突《つ》き出《だ》しました。

「……でも……でもあたし……」

赤《あか》いスカートの若《わか》い娘《むすめ》は、手《て》をうしろに結《むす》んだまま、うつむきながらつぶやきました。

「アーニャ、できないなんて言《い》わないでちょうだいよ。明日《あした》までに届《とど》ける約束《やくそく》なの。いいかげんに上手《じょうず》になってちょうだい！　それとも、なにか、言《い》いたいことでもあるっていうの？」

おばさんは、受《う》け取《と》られなかったショールをさらに突《つ》き出《だ》し、力《ちから》をこめてゆすりました。まとめた銀色《ぎんいろ》の髪《かみ》がゆるみ、ほつれ髪《がみ》が首《くび》のうしろでゆれました。もうがまんは限界《げんかい》、と言《い》わんばかりです。

するとうつむいていた娘《むすめ》はおもむろに顔《かお》をあげ、しずかに口《くち》を開《ひら》きました。

「お母《かあ》さん、わたし、もうショールの縁《ふち》をかがりたくない」

「……なんですって……？」

おばさんは、あまりのことに、口《くち》を開《あ》けたまま先《さき》の言葉《ことば》を失《うしな》いました。娘《むすめ》は半歩《はんぽ》、おばさんに近《ちか》づき、身《み》を乗《の》り出《だ》すようにしてうったえました。

「お母《かあ》さん、わたし勉強《べんきょう》がしたいの。成績《せいせき》が良《よ》ければ学費《がくひ》は免除《めんじょ》されるのよ。お願《ねが》い！」

おばさんは、その言葉《ことば》を聞《き》くなり、そばにあった、大《おお》きなひじかけ椅子《いす》のなかにうもれるようにすわりこみました。そして、まるで魂《たましい》のぬけた人《ひと》のような面立《おもだ》ちで、

「……そう、勉強《べんきょう》がしたかったの……」

と、つぶやいたのでした。
娘《むすめ》は、ぱっとかけよると、おばさんのひざにすがりつきました。

そのようすを、じっとみつめていたサキは、今《いま》、この部屋《へや》のなかで起《お》きているところを見《み》ているというよりも、遠《とお》いむかしに起《お》きたことを見《み》ているような気《き》がしました。しかも、自分《じぶん》もいっしょに、その遠《とお》いむかしのなかにまぎれこんだような、きみょうな感《かん》じがしたのです。そう、まったくきみょうなほど、おばさんと娘《むすめ》はいきいきしていて、それでいて、すっかりべつの世界《せかい》にいるように見《み》えたのです。

そのとき、ぱちぱちぱちぱちっとまばらな拍手《はくしゅ》がおこりました。サキは、夢《ゆめ》から覚《さ》めたようにハッとしました。
「いいいい、なかなかいいねえ！　しいて言《い》えば母親《ははおや》。もうすこし、張《は》りのある声《こえ》を出《だ》すことで、どなりたいのをがまんしてるってことを、見《み》る人《ひと》にはっきり伝《つた》えてほしいな」

そう言《い》ったのは、なんと、モグラのおじさんでした。まわりのみんなも、ふむふむとうなずきました。

ようやく事情《じじょう》がのみこめました。ここで、劇《げき》の練習《れんしゅう》をしていたのだということが。

そのとき、こちら側《がわ》で、スケッチブックをかかえて見《み》ていた女《おんな》の人《ひと》が立《た》ちあがって、

「椅子《いす》の位置《いち》のことなんですけど！」

と、呼《よ》びかけました。

同時《どうじ》に、壁《かべ》の柱時計《はしらどけい》が、ボーンボーンとふたつ、かねを打《う》ったのでした。二時《じ》でした。そのとたん、

「あっ、いけない！」

と、育《いく》ちゃんがささやいて、ぱっと窓《まど》の下《した》に身《み》をかがめたので、サキもつられてしゃがみました。

「ごめんサキちゃん。あたし、用《よう》があるんだった。二時《じ》にうち出《で》なきゃなんな

かったの。まずーい！　ああ、つまんない。もっとサキちゃんと遊《あそ》びたかったのに」

「ほんとだねえ。でもしかたないね、早《はや》く帰《かえ》んなきゃね。また遊《あそ》ぼう？」

「うん！」

息《いき》だけでそれだけ話《はな》すと、ふたりは、ステンドグラスの小窓《こまど》の下《した》までこそこそと進《すす》みました。

でも、サキはそこで、はっと青《あお》ざめたのです。廊下《ろうか》からはなんとか越《こ》えられた窓《まど》も、バルコニーからだと、ずっと高《たか》いところについていたからでした。あの高《たか》さまでとびあがることなんて、とてもできません。まして、そっと、だなんて！

ところが育《いく》ちゃんは、窓《まど》を開《あ》けると、顔《かお》くらいの高《たか》さの窓《まど》わくに手《て》をかけ、勢《いきお》いをつけて、腕《うで》の力《ちから》だけで、するっと体《からだ》を持《も》ちあげたのでした。なんとすごい、けんすいでしょう！

「育《いく》ちゃん待《ま》って、あたし、そんなこと、ぜったいできない……」

サキは、泣《な》きそうになり、つい、すこし大《おお》きすぎるかもしれない声《こえ》を出《だ》しました。

窓《まど》わくにしがみついたまま、育《いく》ちゃんはサキのほうをふりむき、それから、すとんとおりると、腰《こし》に手《て》を当《あ》てて、じっとサキを見《み》ました。サキは、ドキドキしました。育《いく》ちゃんが自分《じぶん》のことを持《も》てあましているのだと思《おも》いました。サキがおなじようにやれれば、今《いま》すぐ家《いえ》に帰《かえ》れるのです。おてんばだって言《い》うから連《つ》れてきたのに、あの窓《まど》に届《とど》かないですって？　そう思《おも》っているにちがいありませんでした。

ところが育《いく》ちゃんは、まっすぐにサキの目《め》を見《み》つめると、思《おも》いもよらないことを言《い》ったのでした。

「サキちゃん、あたしたちのこの帽子《ぼうし》は、かくれみのだって信《しん》じるんだよ。これかぶってるから、あたしたちの姿《すがた》は見《み》えないんだって、信《しん》じてね！」

わけがわからないまま、サキはうなずきました。

育《いく》ちゃんは、また小《ちい》さくなって、部屋《へや》の窓《まど》の下《した》まで進《すす》むと、さっきのように、すこしずつ背《せ》を伸《の》ばしていって、そっとなかをのぞきました。そのとたん、サキに向《む》かって、しめた！　という顔《かお》をしてみせました。

サキも、そっとのぞいてみました。一瞬《いっしゅん》、なにが起《お》こったのかわからなくなりました。さっきまですぐそこに立《た》っていた人《ひと》たちの姿《すがた》が消《き》えていたからです。

でも、みんなが、むこうの窓《まど》べに寄《よ》りあつまって、なにやら話《はな》しこんでいるのが、すぐにわかりました。

「あたしたちってついてる！」

育《いく》ちゃんは、そう言《い》うなり、ひょいっと窓《まど》わくにとびつき、部屋《へや》のなかへとおどりこんで、窓《まど》べにあった大《おお》きな観葉植物《かんようしょくぶつ》の鉢《はち》のかげにしゃがんだのでした。

今《いま》こそ、ぐずぐず迷《まよ》っている場合《ばあい》ではありません。その窓《まど》わくなら、簡単《かんたん》に越《こ》えられる高《たか》さです。サキも、すばやく窓《まど》を越《こ》えると、鉢《はち》のかげにまわってうずくまりました。

「ドアまで一気《いっき》に走《はし》るよ。帽子《ぼうし》があるから、だれにも見《み》えないって信《しん》じてね！

それ！」

ふたりは、ぱっととびだすと、部屋《へや》の壁《かべ》にそって、二匹《ひき》のネズミのように駆《か》けたのでした。そして、部屋《へや》の内側《うちがわ》から、そっと扉《とびら》をあけ、ぶじに廊下《ろうか》へ出《で》たのでした。

第14章　栗本《くりもと》さん

五年生《ねんせい》になると、始業式《しぎょうしき》の翌日《よくじつ》から、もういきなり六時間授業《じかんじゅぎょう》が始《はじ》まりました。そのうえそうじ当番《とうばん》にあたっていたサキがビルに帰《かえ》りついたのは、もう日《ひ》が暮《く》れたあとでした。

　ロビーには蛍光灯《けいこうとう》がともされていましたが、うすぼんやりした冷《つめ》たい光《ひかり》が、ほよほよとたえまなく震《ふる》えているために、あたりはいっそううらぶれて見《み》えました。けれどここに入《はい》ったとたん、それまでまたぼんやりしていた育《いく》ちゃんの姿《すがた》が、くっきりしました。長《なが》い時間《じかん》を学校《がっこう》ですごしていると、そここそが本物《ほんもの》の世界《せかい》のようで、古《ふる》いビルのことはみな、そのうしろにかくれて、形《かたち》がぼやけてしまうのです。

育《いく》ちゃんのことを思《おも》い出《だ》すと、サキの心《こころ》はぽっと明《あか》るくなりました。ここには、学校《がっこう》の世界《せかい》とはちがう、自分《じぶん》だけの秘密《ひみつ》の楽《たの》しみがある。そう思《おも》うと、心《こころ》をふさぐようなうす暗《ぐら》さに、かえってぞくぞくするような親《した》しみを覚《おぼ》えるのです。でも、こんなおそい時間《じかん》では、育《いく》ちゃんと遊《あそ》ぶのは、むりでしょう。

けれど、階段《かいだん》をすこしのぼったところで、サキはきびすを返《かえ》し、地下《ちか》におりていきました。メモが入《はい》っているかもしれないと思《おも》ったのです。でも、いそいで回《まわ》した玉《たま》のなかにあったのは、花模様《はなもよう》のきれだけでした。サキは、ため息《いき》をつくと、ふたたび階段《かいだん》をのぼっていきました。

そのとちゅうで、あたらしい考《かんが》えが浮《う》かびました。自分《じぶん》のほうからメモを入《い》れて悪《わる》いわけがあるでしょうか。育《いく》ちゃんみたいに、わざとちょっぴり古《ふる》めかしく、謎《なぞ》めいた感《かん》じのメモにするのです！

いそいで鍵《かぎ》をあけ、まだだれも帰《かえ》っていない部屋《へや》に入《はい》ると、ランドセルをおろすのももどかしく、サキは、古新聞《ふるしんぶん》の端《はし》をリボンのように切《き》りとって鉛筆《えんぴつ》を走《はし》らせました。

土曜日ニハ遊ボウネ5

育《いく》ちゃんのまねをして、全体《ぜんたい》をちょっとかざり文字《もじ》にしました。そして、ふたたび、こんどはかけ足《あし》で、地下《ちか》までおりていきました。

土曜日《どようび》でした。お母《かあ》さんの会社《かいしゃ》は休《やす》みですが、お父《とう》さんのほうは、週《しゅう》によって、いろいろです。けれど、今日《きょう》はふたりとも休《やす》みだったので、みなそろってすこし寝《ね》ぼうをしました。

「しばらく休《やす》んで家《いえ》にいたら、ちょっと会社《かいしゃ》に出《で》ただけで、肩《かた》こっちゃった。サキちゃんも、遠《とお》くまでランドセルしょってくのって、肩《かた》こらない？」

おそい朝食《ちょうしょく》をとりながら、お母《かあ》さんが首《くび》をかたむけて言《い》いました。

「わかんない」

と、サキは、ぼんやり答《こた》えました。「肩《かた》がこる」だの「冷《ひ》える」だの、おとながよく口《くち》にする不調《ふちょう》が、そもそもわからなかったからですが、それよりもっと、ほかの思《おも》いにとらわれていたのでした。おととい入《い》れた、秘密《ひみつ》のメモのことに……。育《いく》ちゃんは、あれに気《き》づいてくれたかしら……。

昨日《きのう》の夕方《ゆうがた》、学校《がっこう》の帰《かえ》りに穴《あな》をたしかめたサキは、きれにつつまれた紙《かみ》きれに、一瞬《いっしゅん》ハッとしました。でもそれは、前《まえ》の日《ひ》に自分《じぶん》が入《い》れたものでした。育《いく》ちゃんがあれを見《み》ていないのなら、やっと土曜日《どようび》になったのに、遊《あそ》べないではありませんか。育《いく》ちゃんがメモを入《い》れたとき、サキは、まるで魔法《まほう》のように、育《いく》ちゃんとそれを発見《はっけん》したのです。それなら、サキが入《い》れたときに、育《いく》ちゃんが発見《はっけん》してくれたってよさそうなものです。返事《へんじ》なんかいいのです。せめて持《も》っていってくれたなら！

朝食《ちょうしょく》を食《た》べ終《お》わるころになって、サキは、ひとつ思《おも》いあたることをみつけました。帽子《ぼうし》です。

（……育《いく》ちゃんのメモをみつけたときって、モグラのおじさんのドアを見《み》にいったときだから、あたしは帽子《ぼうし》をかぶってた。それはたしか。だってお母《かあ》さんがこのビル専用《せんよう》のおでかけ帽子《ぼうし》みたいって言《い》ったんだもの……。でも、昨日《きのう》とおとといは学校《がっこう》の帰《かえ》りだからかぶってなかった……）

これはきみょうな思《おも》いつきでしょうか？　いいえ、育《いく》ちゃんとつながることならなんであれ、帽子《ぼうし》がだいじな役目《やくめ》をはたしていると考《かんが》えるのは、しぜんなことでした。

（だって、育《いく》ちゃんに会《あ》うときって、あたし、ぜったいにあの帽子《ぼうし》かぶってるもの……）

そう思《おも》いついたサキは、早《はや》く帽子《ぼうし》をかぶって、もう一度地下《どちか》までおりてみたくてたまらなくなったのでした。そうすれば、きっとなにか、ちがうことが起《お》こる気《き》がしてならなかったのです。


けれど、サキがひとりで地下《ちか》までおりていったのは、まもなくお昼《ひる》になろうかという頃《ころ》のことでした。お父《とう》さんが家《いえ》にいる土曜《どよう》の午前中《ごぜんちゅう》は、かならずといっていいほど、算数《さんすう》をさせられるのです。いったんやりはじめると、お父《とう》さんは夢中《むちゅう》になり、なかなか解放《かいほう》してくれないのでした。

やっと自由《じゆう》の身《み》になり、帽子《ぼうし》をかぶって地下《ちか》にたどりついたサキは、ドキドキしながら、手《て》すりの玉《たま》をきゅるきゅるとまわしました。昨日《きのう》とおなじかたちのままで、きれが入《はい》っていました。ああなにも起《お》こらなかった……そう思《おも》いながらも、そっと取《と》り出《だ》して、きれを開《ひら》いてみました。

「あっ!」

なかのメモは消《き》えていたのでした。

(……やっぱりだ! それに返事《へんじ》がないってことは、今日遊《きょうあそ》べるってことだよね!)

サキは、飛《と》びあがりたいような気持《きも》ちで階段《かいだん》をかけあがりました。

(この帽子《ぼうし》って、やっぱりすごい! ああでも、どこで会《あ》えるかなあ? 屋《おく》上《じょう》に行《い》ってみようかなあ。それともビルのなかをうろついていれば、ばったり会《あ》える、なんてこと、あるかなあ)

踊《おど》り場《ば》につくたびに立《た》ち止《ど》まり、壁《かべ》の奥深《おくふか》くへと伸《の》びた廊下《ろうか》の先《さき》をみつめましたが、どんなに気持《きも》ちがはずんでいても、一階半《かいはん》や二階半《かいはん》に、ひとりで入《はい》り

こんでいこうという気《き》にはなりませんでした。育《いく》ちゃんがいるのでなければ……。

サキは、この前《まえ》の冒険《ぼうけん》をふたたび思《おも》い出《だ》し、ああなんておもしろかったんだろう、とため息《いき》をつきました。ハラハラもしたけれど、あの劇《げき》の不思議《ふしぎ》だったこと……。きらきらした魔法《まほう》の粉《こな》がかかったような、きみょうな迫力《はくりょく》……。ほんのすこししか見《み》られなかったのが、残念《ざんねん》でなりませんでした。つづきをもっと見《み》たかった、そう思《おも》わずにいられませんでした。

(でもだいじょうぶ。育《いく》ちゃんに会《あ》えば、かならずなにか楽《たの》しいことがあるもの。そうだ、やっぱりこの前《まえ》みたいに、お昼《ひる》を食《た》べたら屋上《おくじょう》に行《い》くことにしよう！)

そう決《き》めて、三階《かい》の廊下《ろうか》を部屋《へや》のほうへ歩《ある》きかけたサキは、つきあたりの晴《はる》子《こ》さんの画廊《がろう》のドアが開《ひら》いているのを見《み》て、ふと、のぞいてみようかな、という気《き》になりました。

サキは、フフフンとハミングしながら、まっすぐ画廊《がろう》へ向《む》かいました。

はじめてなかをのぞきこんだ画廊《がろう》は、意外《いがい》なことに、からんとした小《ちい》さな白《しろ》っぽい部屋《へや》でした。今《いま》までやっていた展覧会《てんらんかい》は終《お》わってしまったのでしょう。壁《かべ》にはなにひとつかかっていず、ただまんなかに、晴子《はるこ》さんとポニーテールの若《わか》い女《おんな》の人《ひと》が立《た》っていました。ふたりは、壁《かべ》を指《ゆび》さしたりしながらしゃべっていました。

「あらサキちゃん、入《はい》ってらっしゃいよ!」

サキに気《き》づいた晴子《はるこ》さんが手招《てまね》きをしました。

「こちらは、明日《あした》から個展《こてん》をされる、栗本《くりもと》みのりさん。栗本《くりもと》さんの絵《え》は、ぜひぜひサキちゃんにも見《み》てほしかったから、声《こえ》をかけようと思《おも》ってたのよ」

小柄《こがら》な若《わか》い女《おんな》の人《ひと》は、やさしそうにサキにほほえみました。いきいきとした顔《かお》つきの、感《かん》じのいい人《ひと》です。晴子《はるこ》さんは、サキのこともかんたんに紹介《しょうかい》してくれました。

すこしきょろきょろすると、壁《かべ》の下《した》のところに、小《ちい》さめの絵《え》が何点《なんてん》もたてかけてあるのが見《み》えました。額《がく》には入《はい》っていない、むきだしの絵《え》です。なにが描《か》いてあるのか、近《ちか》よって見《み》たかったけれど、明日《あした》からなら、まだ見《み》られないのでしょう。すると、栗本《くりもと》さんがサキに言《い》いました。

「これから絵《え》を掛《か》けるんだけど、掛《か》けるとこ、見《み》る？」

サキは、とたんに楽《たの》しい気持《きも》ちになりました。お客《きゃく》さんたちより先《さき》に、本物《ほんもの》の絵《え》描《か》きさんといっしょに、展覧会《てんらんかい》の準備《じゅんび》に立《た》ちあうなんて、なんだかすごいような感《かん》じがします。サキは、にっこりうなずきました。

「じゃあわたし、ちょっと出《で》てきますので。サキちゃん、お手伝《てつだ》い、しっかりね！」

晴子《はるこ》さんは、鼻眼鏡《はなめがね》ごしにちょっとわらうと、部屋《へや》を出《で》ていきました。

絵《え》はどれも、せいぜいがノートを広《ひろ》げたくらいの大《おお》きさで、厚《あつ》みのある板《いた》に、つるりと光《ひか》るような絵《え》の具《ぐ》で描《か》いてあるのでした。それを、額《がく》には入《い》れずにかざるのが、栗本《くりもと》さんのやり方《かた》でした。

サキは、栗本《くりもと》さんの横《よこ》から、次々《つぎつぎ》と絵《え》をのぞきこみました。どの絵《え》にも、不《ふ》思議《しぎ》な空気《くうき》がたちこめていました。どこまでも奥行《おくゆ》きがあるような……。

小《ちい》さな窓《まど》がならぶ絵《え》……。大《おお》きな机《つくえ》に向《む》かうおじさんたち……。ほの暗《ぐら》い書《しょ》斎《さい》……。廊下《ろうか》の奥《おく》に立《た》つ人《ひと》……。

（なんだろう、なにかこの感《かん》じ……知《し》ってるんだけど……）

サキは、もうすこしで思《おも》い出《だ》せそうなことが、なかなか出《で》てこないときの、もやもやした感《かん》じを覚《おぼ》えながら、なおも絵《え》に引《ひ》きこまれていきました。

すると、壁《かべ》に掛《か》け終《お》えたひとならびの絵《え》を、すこしうしろにさがって、じっとながめていた栗本《くりもと》さんが、

「ここにある絵《え》は、みんな、わたしのおばあちゃんが聞《き》かせてくれた話《はなし》をもとにして描《か》いたのよ」

と、話《はな》しだしたのでした。

「聞《き》いたときに、ぱあって心《こころ》に広《ひろ》がった感《かん》じをもとにしてって意味《いみ》だけど……。どんな話《はなし》かっていうとね、おばあちゃんが、子《こ》どもの頃《ころ》に、ちょっとだけ住《す》んでいた建物《たてもの》の話《はなし》なの」

栗本《くりもと》さんは、やさしそうな大《おお》きな目《め》をサキのほうに向《む》けて、秘密《ひみつ》でも打《う》ち明《あ》

けるような調子《ちょうし》で続《つづ》けました。

「この画廊《がろう》をみつけたとき、この個展《こてん》を開《ひら》くなら、絶対《ぜったい》ここにしたいって思《おも》ったの。だって、絵《え》にぴったりなんだもの」

あっ、わかった。そうだよ、そうだよ、このビルの感《かん》じだったんだ！　と、サキは思《おも》い、大《おお》きくうなずきました。

栗本《くりもと》さんがまた言《い》いました。

「おばあちゃんがいたところって、どうも、このあたりらしいの。だから、ひょっとしてこのビルだったんじゃない？　って思《おも》って、おばあちゃんにたずねてみたんだけど、ビルの名前《なまえ》も住所《じゅうしょ》も、覚《おぼ》えてないんですって。それに、いくらなんでも、きっともう壊《こわ》されてるでしょうっていうの。無理《むり》もないの。小《しょう》学校《がっこう》の五年《ねん》のときに――それって、七十年《ねん》も前《まえ》なのよ、ほんのちょっと、部屋《へや》を借《か》りて暮《く》らしてたことがあるっていうだけなんだもの。それなのに、その建《たて》物《もの》のことがずうっと忘《わす》れられなかったんだって。わたしのお母《かあ》さんが子《こ》どものときも聞《き》かされたし、わたしも聞《き》かされたの」

「ふうん……」

サキは、ほの暗《ぐら》い書斎《しょさい》の絵《え》を見《み》ながら、モグラのおじさんが本《ほん》の山《やま》に頭《あたま》をつっこんでいるところを、なんとなく思《おも》い出《だ》しました。

栗本《くりもと》さんは、ゆかから次《つぎ》の絵《え》を取《と》りあげながら、ひとりごとのようにつづけました。

「おばあちゃん、たぶん明日《あした》、見《み》にきてくれるはずなんだけどね……」

そのとき、入《い》り口《ぐち》のほうで、カツカツッと石《いし》をたたくような音《おと》がしました。

見《み》ると、杖《つえ》をついたおばあさんが立《た》っていたのです。

第15章　おばあさんの話《はなし》

「おばあちゃん！」

栗本《くりもと》さんがさけび、かけよって、おばあさんの手《て》を取《と》りました。

「おばあちゃん、いったいどうしたの!?」

うす紫色《むらさきいろ》のきれいなワンピースを着《き》た、小《ちい》さなおばあさんが、息《いき》をはずませながら言《い》いました。

「ああ、ちゃんとここまでたどりついた！　エレベーターには、三階《かい》に行《い》く人《ひと》は使《つか》っちゃだめって書《か》いてあるし、あちこち廊下《ろうか》があるから、迷子《まいご》になりそうだった。ところでごめんなさい、みのりちゃん。早《はや》く来《き》すぎちゃったでしょ？　道《みち》がすいてて、すいすい進《すす》んじゃって、タクシーの運転手《うんてんしゅ》さんもびっくりしてたの。知《し》ってるのよ、一時《じ》からなんでしょう?」

栗本《くりもと》さんは、肩《かた》をすくめたかっこうで、しばらく口《くち》を押《お》さえていましたが、しまいに、アハッとあきれたようにわらってから、

「さあ、とにかく入《はい》って! あ、サキちゃん、その椅子《いす》、こっちに持《も》ってきてくれる?」

と、せわしなく、おばあさんを招《まね》き入《い》れました。

「あら、ありがと。よっこらしょ」

おばあさんは、そう言《い》いながら、サキが部屋《へや》のすみから運《はこ》んできた椅子《いす》に腰《こし》をおろしました。サキは、どうなることか、もじもじしました。だっておばあさんは、ちょっとどころか、まる一日《にち》、早《はや》く来《き》てしまったのですから。

栗本《くりもと》さんは、申《もう》し訳《わけ》なさそうにおばあさんを見《み》つめてから、やっと口《くち》を開《ひら》きました。

「おばあちゃん、がっかりしないでね。個展《こてん》は明日《あした》からなの」

おばあさんは、目《め》をまんまるにして、しばらくだまっていてから、

「ありゃりゃ〜！」

とさけびました。それがおかしかったので、わらうつもりなんかなかったのに、サキはつい吹《ふ》きだしてしまい、あわてて口《くち》を押《お》さえました。おばあさんが、サキの顔《かお》をのぞきこみ、

「じゃ、あなたも一日《にち》まちがえたの？」

とたずねたので、栗本《くりもと》さんはわらって、サキのことを紹介《しょうかい》しました。

「となりの部屋《へや》に住《す》んでるサキちゃん。ここの画廊《がろう》のかたのおともだちのお嬢《じょう》さんなんですって。寄《よ》ってくれたから、お手伝《てつだ》いをお願《ねが》いしちゃったの」

「え、となりの部屋《へや》に住《す》んでるの？」

おばあさんは、おどろいたようにそう言《い》うと、日《ひ》にちの勘《かん》ちがいの件《けん》は、もうどうでもよくなったらしく、重大《じゅうだい》なことを思《おも》い出《だ》したように、栗本《くりもと》さんをまっすぐみつめて口《くち》を開《ひら》きました。

「みのりちゃん。どうも、みのりちゃんの言《い》ったとおりだったみたい。このビルだった気《き》がするの、子《こ》どものとき、住《す》んでたところって」

「ほんと……⁉」

栗本《くりもと》さんがさけびました。

「ええ。車《くるま》から降《お》りたときは、ぜんぜんわからなかったんだけど、なかを歩《ある》いてるうちに、あららって思《おも》えてきたの。とくに階段《かいだん》。ほら、踊《おど》り場《ば》の向《む》こうの廊下《ろうか》、あそこには見覚《みおぼ》えがあるの。それに手《て》すりだとか、廊下《ろうか》だとか……。まだこのビルが、残《のこ》ってたなんて……」

その話《はなし》に、サキまで、栗本《くりもと》さんのように興奮《こうふん》し、

「うわあ……！」

と、ついさけびました。するとおばあさんが、サキのほうを見《み》てつづけました。

「ここ、三階《かい》でしょ？　どうも、あなたのお部屋《へや》に、わたしたち、住《す》んでたんじゃないかしら……」

「へえ……！」

サキと栗本《くりもと》さんは、顔《かお》を見合《みあ》わせ、思《おも》わずいっしょに声《こえ》をもらしました。

「うちのとなりにはね、彫刻家《ちょうこくか》が住《す》んでたの。アトリエもかねて。つまりこの

部屋《へや》ってことになるのよね……。そうそう、まちがいないわ。物《もの》はいっぱいだったけど、窓《まど》はおんなじ……。よごれた上《うわ》っ張《ぱ》りを着《き》て、そのあたりで、灰《はい》色《いろ》の粘土《ねんど》をいじってたの。うなりながら、くっつけてみたり取《と》ったり。ひげはやしてたけど、まだ若《わか》いお兄《にい》さんみたいな人《ひと》でねえ……」

おばあさんは、ひとりごとのように、そんなことを言《い》うと、

「まあここだったのねえ……まだ、あの建物《たてもの》が、そのままあったのねえ……。まあなつかしい……なんてうれしいんでしょう……」

と、どこかべつのほうをじっとながめながら、ひとしきり、くりかえしたのでした。

サキはなんだか胸《むね》がいっぱいになりました。おばあさんがそんなふうに言《い》いたくなる気持《きも》ちが、サキにはわかりました。五年生《ねんせい》だったおばあさんも、きっと今《いま》のサキのように、この建物《たてもの》の不思議《ふしぎ》さに夢中《むちゅう》になったにちがいないのですから。

「そう、ちょうどあなたぐらい……サキちゃんっていったかしら？……あなた

ぐらいのときでしたよ」

おばあさんは、サキをじっとみつめて、そうしみじみ言《い》いました。でも、それからふと、

「あら、その帽子《ぼうし》、ちょっと見《み》せてくれる？」

と、声《こえ》をかけたのでした。

サキは、かぶっていた帽子《ぼうし》を脱《ぬ》いでわたしました。

おばあさんは、帽子《ぼうし》をじいっとみつめてから、

「……これ、前《まえ》からサキちゃんのなの？」

と、ゆっくりたずねました。サキは、首《くび》をふり、部屋《へや》のなかにあった、古《ふる》いタンスの奥《おく》にかかっていたことを話《はな》しました。するとおばあさんは、それはそれは深《ふか》い息《いき》をついて、背《せ》もたれにからだを一度《ど》あずけてから、身《み》を乗《の》り出《だ》すようにして、話《はな》し出《だ》したのです。

「ああ、ちょっと、みのりちゃん、どうしましょう！　こんなことってあるかしら！　長《なが》く生《い》きてると、ほんとにびっくりすることに出会《であ》うこと！　そのタ

ンス、きっとわたしたちも使《つか》ってたものですよ。外国《がいこく》人《じん》が、家具《かぐ》を残《のこ》してお国《くに》に帰《かえ》ったあとの部屋《へや》を、ちょっとの間《あいだ》、間借《まが》りしてたんだもの。そのときに仲良《なかよ》しになった子《こ》が、わたしに帽子《ぼうし》を作《つく》ってくれたの。なくしたとばかり思《おも》ってたら、タンスにずっとかかってたのねえ……」

「えっ、じゃ、この帽子《ぼうし》なの!?　おばあちゃんの話《はなし》に何度《なんど》も出《で》てくる帽子《ぼうし》って……。帽子《ぼうし》をかぶった女《おんな》の子《こ》が、おばあちゃんにもおそろいのを作《つく》ってくれたっていう……」

栗本《くりもと》さんが、かんだかい声《こえ》で言《い》いました。でもそれから、首《くび》をかしげました。

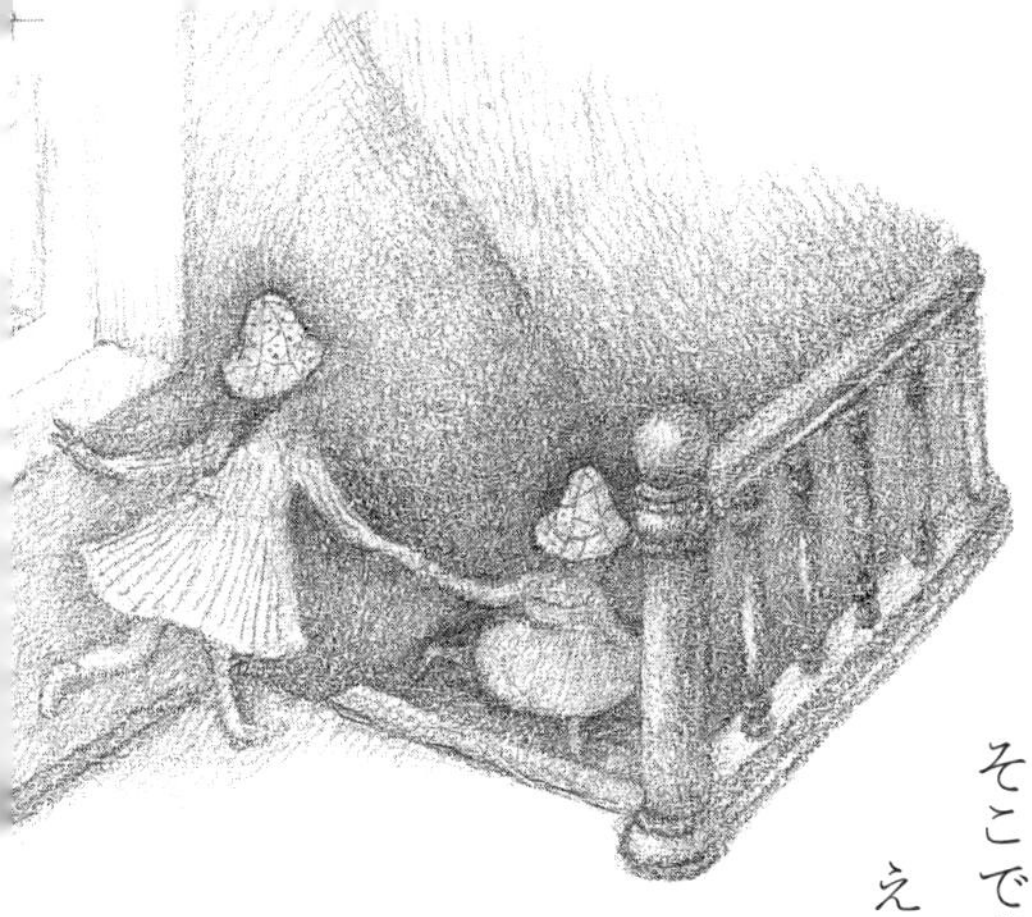

「だけど、おばあちゃん、いくらなんでも、それは、勘《かん》ちがいじゃない？　七十年《ねん》も帽子《ぼうし》がタンスにかかってるって、あんまりじゃない？」

するとおばあさんも、深《ふか》くうなずきました。

「そう言《い》われてみれば、それもそうだわねえ……。いくらなんでもねえ。いろんな人《ひと》が入《い》れかわり立《た》ちかわり、そこで暮《く》らしたんでしょうしねえ……。でも、ほんとに、これとそっくりだったのよ……」

サキは、すこしずつ、心《こころ》のなかがもやもやしてくるのを感《かん》じました。帽子《ぼうし》

をかぶった女《おんな》の子《こ》だの、その子《こ》が作《つく》ってくれた帽子《ぼうし》だのという話《はなし》を聞《き》いて、育《いく》ちゃんのことを思《おも》い出《だ》さずにいることなど、できなかったからです。でも、おばあさんが勘《かん》ちがいをしているのだけは、たしかでした。その帽子《ぼうし》は、おばあさんの仲良《なかよ》しの女《おんな》の子《こ》が作《つく》ったのではなく、育《いく》ちゃんが作《つく》ったのですから。そのことを、おばあさんに話《はな》そうかな……と、サキが思《おも》ったときでした。おばあさんが、またつづけたのでした。

「その子《こ》とおそろいの帽子《ぼうし》をかぶってね、このビルのあちこちの部屋《へや》をのぞいたの」

するとと、栗本《くりもと》さんが、あとをつづけました。

「わたし、外国人《がいこくじん》のお母《かあ》さんと娘《むすめ》さんがふたりで暮《く》らしてる部屋《へや》をのぞき見《み》したっていう話《はなし》が好《す》きだったわ。ほら、バルコニーにしゃがんで」

「ほほほ……。そうそう。着《き》ているものがきれいでめずらしいもんだから、ふたりでステンドグラスの窓《まど》を越《こ》えて、よくバルコニーにしゃがんでのぞいたの。勉強《べんきょう》の好《す》きな娘《むすめ》さんでねえ……」

サキは、もうさっきから、頭《あたま》のなかがぐるぐる回《まわ》りだし、心臓《しんぞう》がのどのところまであがってきたような、みょうな気持《きも》ちになっていました。それなのに、声《こえ》をふりしぼるようにして、たずねてみずにはいられませんでした。

「……その子《こ》、なんていう、名前《なまえ》だったの？」

おばあさんは、にっこりわらって言《い》いました。

「育《いく》ちゃん。上《うえ》のほうの、はじの部屋《へや》に住《す》んでたのよ……」

サキは、わっと泣《な》き出《だ》しました。

第16章　ほんとうの育《いく》ちゃん

サキは、泣《な》きながら思《おも》っていました。
（やっぱりだった……。やっぱりだった……。あたし、ずーっと、思《おも》ってた。だから、べつにおどろいたりしない。知《し》ってたんだもの。いいのいいの、それでもいいと思《おも》って遊《あそ》んでたんだもの。いいのいいの、育《いく》ちゃんは、おばあさんの仲良《なかよ》しだったかもしれないけど、あたしの仲良《なかよ》しにもちがいないんだもの。だからべつに、いい。……育《いく》ちゃんが、ほんとはいない子《こ》だったって……）
そのとたん、いいようのない悲《かな》しみが、どぶんと押《お》しよせました。「本当《ほんとう》はいない」という言葉《ことば》が、とつぜん、言葉《ことば》どおりの意味《いみ》をもって、胸《むね》のなかにあふれたのです。本当《ほんとう》はいない……。

サキは、心《こころ》のどこかでは、ずっと願《ねが》っていたのでした。育《いく》ちゃんが、不思議《ふしぎ》でもなんでもない、ただここに住《す》んでいる、そして、新学期《しんがっき》から五年生《ねんせい》になる女《おんな》の子《こ》であればいいと――。

「……サキちゃん。だいじょうぶ？　おうちに帰《かえ》ろうか？」

栗本《くりもと》さんは、サキがとつぜん泣《な》き出《だ》したときから、サキの肩《かた》を抱《だ》き、やさしい声《こえ》をかけていたのでした。

「あらあら、どうしたのかしら、こまったわねえ……」

おばあさんも、手《て》のなかの帽子《ぼうし》をにぎったまま、ただおろおろするばかりでした。

それでもサキは、栗本《くりもと》さんが貸《か》してくれたハンカチで涙《なみだ》をふき、おばあさんがくれたティッシュで鼻《はな》をふいて、なんとか泣《な》き止《や》むことができました。

「おうちに帰《かえ》る？」

栗本《くりもと》さんがもう一度《ど》聞《き》いたとき、サキは首《くび》をふりました。育《いく》ちゃんのことを話《はな》そうと決《き》めたからでした。だって、このおばあさんと栗本《くりもと》さんのほかに、だれがいったい、育《いく》ちゃんとの秘密《ひみつ》の時間《じかん》の不思議《ふしぎ》さを、わかってくれるでしょう。

けれど、ちょうどそのとき、晴子《はるこ》さんがもどってきたのでした。

「あら、こちらは？」

晴子《はるこ》さんは真《ま》っ先《さき》に、椅子《いす》のおばあさんに目《め》を止《と》めました。栗本《くりもと》さんが、おばあさんを紹介《しょうかい》し、ついでに日《ひ》にちをまちがえたことも伝《つた》えました。晴子《はるこ》さんは、そんなおばあさんにすこし同情《どうじょう》しながら、それでも明《あか》るい声《こえ》であいさつをすると、こんどは、サキの鼻《はな》が赤《あか》いことなどには、すこしもとんちゃくせずに、声《こえ》をかけました。

「サキちゃん！　育《いく》ちゃんと、もうともだちになってたんですって？　たった今《いま》、玄関《げんかん》で会《あ》ったの。サキちゃんて子《こ》が引《ひ》っ越《こ》してきたのよって話《はな》したら、ケラケラわらって、『とっくに知《し》ってるもん！』ですって。すごくよろこんでたわよ、おともだちになれたって。あら、どうかしたの？　あら、どうか……なさったんですか？　栗本《くりもと》さんも……」

晴子《はるこ》さんは、そこにいた三人《にん》の顔《かお》を、かわるがわる見《み》て、ぽかんと口《くち》を開《あ》けました。

「育《いく》ちゃん……ですって？」

おばあさんが、最初《さいしょ》につぶやきました。

「え、ええ。五階《かい》の、はじの部屋《へや》に住《す》んでる子《こ》なんです……」

「……五階《かい》の、はじ……？　んまあ！」

そのあいだに、サキの心《こころ》のなかには、よろこびがどんどん、どんどんもどってきました。今《いま》にもあふれだしそうな勢《いきお》いで。そしてそれが、ほほえみに変《か》わるころ、やっと言葉《ことば》が口《くち》から出《で》ました。

「おばあさん、その帽子《ぼうし》、もともとはその育《いく》ちゃんって子《こ》が作《つく》ったんです」

それを聞《き》いて、おばあさんは、にぎりしめていた帽子《ぼうし》を、もう一度《ど》広《ひろ》げました。それから、サキを見《み》あげて、ゆっくりうなずきながら言《い》いました。

「なあるほど、そうだったの。それでわかったわ、サキちゃんが、びっくりしたわけ。そりゃ無理《むり》もないわねえ」

「たしかに！　すごい偶然《ぐうぜん》……。サキちゃんがあせっちゃったの、あたりまえだわ」

栗本《くりもと》さんも、目《め》をまんまるにして、しきりと首《くび》をふりました。

そのあいだじゅう、晴子《はるこ》さんは、そばに、ぽかんとした顔《かお》つきで立《た》っているばかりでしたが、とうとう、おそるおそるたずねました。

「あのお……。いったい、なんのことなんでしょうか……」

栗本《くりもと》さんが、今《いま》のいきさつを話《はな》しました。七十年前《ねんまえ》、このビルに、しかもサキたちの部屋《へや》に住《す》んでいたこと。おばあさんが、そのとき仲良《なかよ》くなった女《おんな》の子《こ》が、サキがかぶっているのとそっくりの帽子《ぼうし》を作《つく》ってくれたこと。サキの帽子《ぼうし》が、部屋《へや》のタンスのなかに前《まえ》からかかっていたものだというのを聞《き》いて、おばあさんが、七十年前《ねんまえ》の自分《じぶん》の帽子《ぼうし》かもしれない、と言《い》いだしたこと。そして、それを作《つく》ってくれたともだちというのは、「育《いく》ちゃん」という名前《なまえ》だったこと。

「サキちゃんにしてみたら、そりゃあ頭《あたま》が混乱《こんらん》しちゃいますよね？　育《いく》ちゃんて子《こ》が作《つく》った帽子《ぼうし》をかぶって、その子《こ》と遊《あそ》んでいたんですもの」

と、みのりさんが言《い》いました。

晴子《はるこ》さんは、おばあさんがむかしこのビルに住《す》んでいたというのを聞《き》いただけで、「んまっ……」と息《いき》をとめたくらいでしたから、つづいて帽子《ぼうし》の話《はなし》になったときには、眼鏡《めがね》の奥《おく》で目《め》をぱちぱちさせるやら、魚《さかな》のように口《くち》をぱくぱくさせるやら、それはそれは驚《おどろ》いたのでした。

でも、サキと育《いく》ちゃんが、おばあさんとそっくりのやり方《かた》でバルコニーに出《で》たことや、外国人《がいこくじん》みたいなお母《かあ》さんと娘《むすめ》さんのやりとりをのぞき見《み》したことなどは、まだだれも知《し》らないのです。実際《じっさい》、それは、サキにとっても、不思議《ふしぎ》でならないことなのでした。

けれど、ふたりの「育《いく》ちゃん」とふたつの帽子《ぼうし》の話《はなし》だけで、もうすっかり興《こう》奮《ふん》した晴子《はるこ》さんは、

「なんという偶然《ぐうぜん》かしら！」

とくりかえしました。そして、おばあさんの手《て》から帽子《ぼうし》を取《と》り、裏返《うらがえ》して見《み》た

りしながら、

「へえ……これとそっくりの帽子《ぼうし》を、ここに住《す》んでいた育《いく》ちゃんって子《こ》が、作《つく》ってくれたなんてねえ……」

と、不思議《ふしぎ》そうに首《くび》をふりました。と、そこで晴子《はるこ》さんは、はっと顔《かお》をあげました。かがやく満月《まんげつ》のような顔《かお》でした。

「……わたし、わかりました！　わかりましたよ、どういうことか！」

晴子《はるこ》さんは、まずサキに顔《かお》を向《む》けて言《い》いました。

「サキちゃん、この帽子《ぼうし》、育《いく》ちゃんからもらったわけじゃなくて、タンスに入《はい》ってたんでしょう？　いい？　がっかりしないでね。この帽子《ぼうし》を作《つく》ったのって、育《いく》ちゃんじゃないかもしれない」

晴子《はるこ》さんは、栗本《くりもと》さんとおばあさんのほうを見《み》て、早口《はやくち》でつづけました。

「育《いく》ちゃんのおうちには、おばあさまがいらっしゃるんです。このビルに、ずっとむかしから住《す》んでらっしゃるキルト作家《さっか》なんです。今《いま》でも、娘《むすめ》さんとごいっしょに、年《ねん》に一回《かい》、展覧会《てんらんかい》をされてるんですよ」

「え、キルト作家《さっか》って……？」

サキが口《くち》をはさんだので、晴子《はるこ》さんは、小《ちい》さな布《ぬの》を模様《もよう》のようにぬいあわせ、なかに薄綿《うすわた》を入《い》れた、ベッドカバーや敷物《しきもの》のことを思《おも》い出《だ》させてくれました。

「おばあさまに帽子《ぼうし》を作《つく》ってくれたおともだち、育《いく》ちゃんのおばあさまだと思《おも》います。だってたしか、育世《いくよ》さんておっしゃったはずですもの。子《こ》どものときから、こういうものを作《つく》るのが、きっとお好《す》きだったんですよ！　……この帽《ぼう》子《し》、きっとずうっとタンスの奥《おく》に入《はい》ったままになっていたのかもしれませんね、ほんとに……」

栗本《くりもと》さんのおばあさんは、さっきからずっと、晴子《はるこ》さんを見《み》あげてだまっていましたが、とうとう、高《たか》い、はりつめた声《こえ》をあげました。

「つまり……育《いく》ちゃん、いるんですか？　まだこのビルに……！」

そのとたん、だれもがはっとしたのでした。

みんなそろって、一瞬《いっしゅん》だまりこんだあと、栗本《くりもと》さんが、つつっと走《はし》り、まだ壁《かべ》に立《た》てかけてあった絵《え》をつかんできました。

「こんなことになるなんて、わたし、ほんとにびっくり！　だって、みなさん、見《み》てくださいな、ほら！」

そこには、帽子《ぼうし》をかぶった、ふたりの少女《しょうじょ》が描《えが》かれていたのです。ふたりは、青《あお》い小鳥《ことり》が一羽《わ》はばたく、緑《みどり》と茶色《ちゃいろ》の森《もり》のなかに、ほのかな光《ひかり》に包《つつ》まれて、ならんで立《た》っていました。まるで、時間《じかん》のかなたからよみがえった少女《しょうじょ》たちのように……。しかもなんということでしょう、少女《しょうじょ》のひとりは、まるい形《かたち》のスカートをはいていたのでした。

サキは、吸《す》いこまれるように、ぼうっとその絵《え》を見《み》ながら、チルルに誘《さそ》われるようにして育《いく》ちゃんと出会《であ》った、最初《さいしょ》の日《ひ》のことを思《おも》ったのでした。

M.KURIMOTO

第17章　おばあさんたちの再会《さいかい》

　栗本《くりもと》さんとおばあさんが、昼食《ちゅうしょく》をとりに外《そと》に出《で》ることになったあいだ、サキも部屋《へや》にもどって、かんたんなお昼《ひる》を食《た》べました。でも、午後《ごご》の約束《やくそく》のことを考《かんが》えただけで胸《むね》がいっぱいになり、せっかくの玉子《たまご》サンドも、あまりのどを通《とお》りませんでした。
　昼食《ちゅうしょく》がすんだら、さっきのみんなで育《いく》ちゃんの部屋《へや》を訪《たず》ねることになったのです。育《いく》ちゃんのお母《かあ》さんと晴子《はるこ》さんは、親《した》しかったので、電話《でんわ》をかけて事情《じじょう》を話《はな》すのは、かんたんなことでした。ただサキにとってちょっとやっかいだったのは、サキが部屋《へや》にもどるとき晴子《はるこ》さんがついてきて、ドアのところで、お母《かあ》さんに、つるつるとしゃべりだしたことでした。

――「あとで、五階《かい》の知《し》り合《あ》いのところにちょっと行《い》くんだけれど、サキちゃん誘《さそ》っていいわよね？」「あ、前《まえ》に話《はな》してた子《こ》のおうち？」「そ。育《いく》ちゃん。なんとサキちゃん、もういっしょに遊《あそ》んでたんですってね」「……エ、キイテナイ……」「あらま。じゃ、くわしいことは、サキちゃんから聞《き》いて。ちょっとびっくりする話《はなし》なのよ。それじゃ、サキちゃん、あとでね！　ちゃんとお母《かあ》さんに話《はな》してね！」――

というわけで、サキは、「びっくりする話《はなし》」について次々《つぎつぎ》と質問《しつもん》され、答《こた》えるのに、ずいぶん苦労《くろう》したのでした。横《よこ》で聞《き》いていたお父《とう》さんには、「サキの話《はなし》はどうも要領《ようりょう》を得《え》ない」などと言《い》われましたが、自分《じぶん》でも、そうだろうな、と思《おも》わないわけにいきませんでした。なにしろ、こんがらがった話《はなし》でしたから。

でもしまいには、おおよそのことが伝《つた》わり、

「あとで育《いく》ちゃん連《つ》れてきて、うちで遊《あそ》んでもいいでしょ？」

というところにたどりついたときには、すっかりしあわせな気持《きも》ちになってい

ました。こうなることを、本当《ほんとう》は、ずっと望《のぞ》んでいたのですから！

昼食後《ちゅうしょくご》、サキたちは、栗本《くりもと》さんのおばあさんを囲《かこ》むようにして、ゆっくりと階段《かいだん》をのぼり、廊下《ろうか》を歩《ある》いていきました。

おばあさんは、ときどき足《あし》を止《と》め、きょろきょろとあたりをながめては深《ふか》い息《いき》をつきました。五階《かい》の廊下《ろうか》を進《すす》んでいくうちに、突《つ》きあたりの手品師《てじなし》に気《き》がついたときには、

「あらまあ、手品師《てじなし》のおじさん、まだいたの！　そうそう、よく屋上《おくじょう》へ出《で》たのよ！」

と、はしゃぎ、『猫《ねこ》の事務所《じむしょ》』の前《まえ》では、

「まあ、猫野《ねこの》さんの事務所《じむしょ》ね！」

とさけびました。どちらの意味《いみ》も、ちゃんとわかったのは、サキだけでしたけれど。

白《しろ》い扉《とびら》まで行《い》くものとばかり思《おも》ったのに、晴子《はるこ》さんが手前《てまえ》の茶色《ちゃいろ》の扉《とびら》の呼《よ》び

鈴《りん》を押《お》したのが、サキには意外《いがい》でした。まもなく、花柄《はながら》のエプロンをかけたおばさんが出《で》てきました。育《いく》ちゃんのお母《かあ》さんにまちがいありません。アーモンドの形《かたち》の目《め》がそっくりでしたから。あいさつを交《か》わす、おとなたちの明《あか》るい声《こえ》がかさなり、しんとした廊下《ろうか》にひびきました。

でも、出《で》てきたのはおばさんひとりではありませんでした。その背中《せなか》に隠《かく》れるようにして、女《おんな》の子《こ》が、はずかしそうなようすで立《た》っていたのです。

「まあ、あなたが育《いく》ちゃんね！」

おばあさんが、びっくりしたように言《い》いました。

けれどサキは、もっともっとびっくりしていたのです。なぜなら、そこには、帽子《ぼうし》をかぶるかわりに、太《ふと》いみつあみを左右《さゆう》にぴんとさせ、セーラーえりのブラウスのかわりに、縦《たて》じまのTシャツ《ティー》を着《き》、ちょうちん形《がた》のスカートのかわりにジーンズをはいた女《おんな》の子《こ》がいたからです。でも、育《いく》ちゃんであることは、たしかでした。だって、育《いく》ちゃんの顔《かお》をしていましたから。なんということでしょう。前《まえ》に、玄関《げんかん》から出《で》ていくところを見《み》た、あのパーカーの女《おんな》の子《こ》は、育《いく》ちゃんだったのです……。

「さ、さ、どうぞお入《はい》りください。サキちゃんも入《はい》ってちょうだい。あいさつがおくれちゃったわね、はじめまして」

育《いく》ちゃんのお母《かあ》さんにうながされて、みんなはぞろぞろとなかへ入《はい》りました。

育《いく》ちゃんは、サキににっこりわらいかけると、

「サキちゃん、そんなに驚《おどろ》かないで！　今《いま》にわけがわかるから」

と、ささやいたのでした。

みんなは、部屋《へや》の通路《つうろ》をぬけ、広《ひろ》い居間《いま》に入《はい》りました。

お昼《ひる》の料理《りょうり》のにおいがまだいくらかのこった明《あか》るい部屋《へや》は、木《き》の家具《かぐ》や籐《とう》やドライフラワーや、いろんな色《いろ》と模様《もよう》の布《ぬの》にあふれていました。小《ちい》さなきれをつなぎあわせて作《つく》ったキルトの壁《かべ》かけは、まるでそこにお花畑《はなばたけ》があるようでした、中央《ちゅうおう》にある、クロスのかかった大《おお》きなテーブルの上《うえ》に、おもしろい形《かたち》のポットやミルクつぼやボンボン入《い》れなどがのっているところなどは、絵本《えほん》のなかのページを見《み》ているようでした。もっとも、本《ほん》や雑誌《ざっし》があちこちに散《ち》らばっ

ていたり積《つ》んであったりして、全体《ぜんたい》に雑然《ざつぜん》とした部屋《へや》ではあったのです。それなのに、どこもかしこも楽《たの》しそうで、なんだかわくわくする部屋《へや》なのでした。

そのとき、窓《まど》べのゆり椅子《いす》から、小《ちい》さなおばあさんが立《た》ちあがりました。そして、みんなのほうに、歩《ある》いてきたのです。

(あっ、あのとき、エレベーターから降《お》りてきたおばあさん!)

サキが思《おも》ったのと同時《どうじ》に、

「育《いく》ちゃん!」

と、栗本《くりもと》さんのおばあさんがさけび

ました。

「さっちゃん！」

そのおばあさんもさけびました。そしてふたりのおばあさんは、おたがいに歩《あゆ》みよって手《て》を取《と》り、みつめあいました。

そのとき、育《いく》ちゃんが、お母《かあ》さんの耳元《みみもと》になにかささやきました。と思《おも》うと、すっと部屋《へや》の奥《おく》へ走《はし》っていったのです。

あとのみんなはすこしはなれたところに立《た》ったまま、おばあさんたちがいっぺんにしゃべりだすのを、ただただながめていました。育《いく》ちゃんのお母《かあ》さんでさえ、椅子《いす》をすすめるのも忘《わす》れて、そばに立《た》っているばかりでした。七十年《ねん》の時《とき》をこえた、おばあさんたちの再会《さいかい》に、みな、引《ひ》きこまれずにいられなかったのです。

するとそこへ、育《いく》ちゃんが現《あらわ》れたのでした。帽子《ぼうし》。セーラーえりのブラウス。ちょうちん形《がた》の緑《みどり》のスカート。まぎれもない育《いく》ちゃんでした。

「あ、育《いく》ちゃん！」

高《たか》い声《こえ》でそうさけんだのは、栗本《くりもと》さんのおばあさんでした。

育《いく》ちゃんは、くるくるっと、その場《ば》でまわってみせてから、おばあさんたちのところまで行《い》きました。そして帽子《ぼうし》を脱《ぬ》いだと思《おも》うと、にっこりわらって、それを、育《いく》ちゃんのおばあさんの頭《あたま》にちょんとのせたのです。

「あ、育《いく》ちゃん！」

栗本《くりもと》さんのおばあさんが、ふたたびさけびました。でもこんどは、育《いく》ちゃんのおばあさんに向《む》かってでした。

それを見《み》たサキは、もう、じっとしていられなくなりました。ぱっと、おばあさんたちのそばに行《い》き、かぶっていた帽子《ぼうし》を、栗本《くりもと》さんのおばあさんの頭《あたま》にのせたのです。

「あ、さっちゃん！」

そうさけんだのは、「育《いく》ちゃん」でした。そしてふたりは、ケラケラコロコロとわらいころげたのでした。

それから、育《いく》ちゃんのおばあさんが、意外《いがい》なことを言《い》いました。

「不思議《ふしぎ》な偶然《ぐうぜん》ってあるものだわねえ。じつをいうと、わたし、ゆうべからずっとさっちゃんのことを考《かんが》えていたの。それにはわけがあるの、あとでお話《はな》しするけれど。だから今日《きょう》、もうさっそくこんなことが起《お》こるなんて、そりゃあもう驚《おどろ》きなんだけれど、それでいてね、ああやっぱり起《お》こったっていう気《き》もするのよ」

おばあさんは、そこでテーブルのほうに歩《あゆ》みよると、

「さあさあ、いろんなこと、ゆっくりお話《はな》ししましょう、おかけになってちょうだい」

と、栗本《くりもと》さんのおばあさんをうながしたのでした。

第18章　いろいろな謎《なぞ》

栗本《くりもと》さんと晴子《はるこ》さん、そして育《いく》ちゃんとサキの四人《にん》は、おばあさんを残《のこ》したまま、廊下《ろうか》をゆっくりと歩《ある》き出《だ》しました。

歩《ある》きながらサキは、映画《えいが》を見《み》たあとで、映《えい》画館《がかん》の外《そと》に出《で》て歩《ある》きはじめるときにそっくりの、きみょうでふわふわした感《かん》じに包《つつ》まれていました。おばあさんたちが、「育《いく》ちゃん」「さっちゃん」とよびあいながら、せっせと思《おも》い出《で》をたどるのをじっと見守《みまも》っているうちに、まるで、おばあさんたちの思《おも》い出《で》に入《はい》り込《こ》んだような気《き》になっていたからなのでしょう。しかも、今《いま》、となりを歩《ある》く育《いく》ちゃんときたら、その思《おも》い出《で》のつづきのようだし、それでいて、目《め》に入《はい》るのは、晴子《はるこ》さんと栗本《くりもと》さんのうしろ姿《すがた》なのですから、いっそう頭《あたま》がこんがらがった感《かん》じになるのでした。それでももちろん、うれしい気持《きも》ちのほうが、ずっとずっと大《おお》きかったのですが。

ゆっくりと廊下《ろうか》を歩《ある》きながら、栗本《くりもと》さんが、きれいな静《しず》かな声《こえ》で、となりの晴子《はるこ》さんに話《はな》しはじめました。

「祖母《そぼ》は、まるでむかし話《ばなし》のひとつみたいに聞《き》かせてくれたんです。『むかしむかし、不思議《ふしぎ》な建物《たてもの》があってね、廊下《ろうか》が暗闇《くらやみ》のなかに伸《の》びていて、はてしないらせん階段《かいだん》が天《てん》に向《む》かってぐるぐるのぼっていくの……』って。その話《はなし》には、帽子《ぼうし》をかぶった女《おんな》の子《こ》が出《で》てくるんです。その子《こ》は、その建物《たてもの》に住《す》み着《つ》いている、妖精《ようせい》かなにかみたいな、すてきなすばしこい子《こ》で、着《き》ているものだって、緑色《みどりいろ》の、まあるいスカートなんです。そこへ、ごくふつうの女《おんな》の子《こ》が入《はい》りこんでいくんです。ふたりはともだちになり、妖精《ようせい》みたいな子《こ》から帽子《ぼうし》をもらうんです。そしてそれをかぶると、魔法《まほう》がかかったみたいになって、迷路《めいろ》のような建物《たてもの》のなかで、おもしろい冒険《ぼうけん》がはじまるんです……。ね？　どこか遠《とお》い国《くに》

のむかし話《ばなし》みたいでしょう？　もちろん、ほかの思《おも》い出話《でばなし》をするときは、ちっとも物語《ものがたり》っぽくなんかないんですよ。祖母《そぼ》は、若《わか》い頃《ころ》からいろんな国《くに》に出《で》かけていって、いろんな経験《けいけん》をした人《ひと》なので、思《おも》い出話《でばなし》はたくさんあるんです。そういう話《はなし》のときは、ちゃんと事実《じじつ》を聞《き》いている気《き》がするんですよ。それなのに、その建物《たてもの》に暮《く》らしてたひと月《つき》の話《はなし》となると、とたんに、お話《はなし》みたいなひびきになるんです。不思議《ふしぎ》な世界《せかい》にまぎれこんだ物語《ものがたり》の主人公《しゅじんこう》みたいに……」

栗本《くりもと》さんの声《こえ》をうしろで聞《き》いてい

たサキの目《め》に、すばやく走《はし》りすぎてゆく、帽子《ぼうし》の女《おんな》の子《こ》の影法師《かげぼうし》が映《うつ》りました。小山《こやま》の帽子《ぼうし》と、まあるいスカートのりんかくをもつ黒《くろ》い影《かげ》……。するとそれは、大家《おおや》さんの部屋《へや》で見《み》た、ブロンズ像《ぞう》とかさなりました。まるで、あの人形《にんぎょう》が動《うご》きだし、ビルのなかを自由《じゆう》にかけはじめたような、そんな不思議《ふしぎ》な感覚《かんかく》……。

そればかりではありません。その影《かげ》を追《お》いかけて、物語《ものがたり》のなかにまぎれこんでいったのが、自分《じぶん》のような気《き》がしたのです。

ちょっとくらくらするような感《かん》じ

のなかで、サキは、そこにまぎれこんだのは、自分《じぶん》ではなく栗本《くりもと》さんのおばあさんなのだ、と言《い》い聞《き》かせたり、そうだ、あの黒《くろ》っぽい置物《おきもの》は、育《いく》ちゃんのおばあさんをモデルにして、若《わか》い彫刻家《ちょうこくか》があの窓《まど》べでつくったんだ、ああきっとそうだ、と思《おも》ったりしました。

栗本《くりもと》さんが、さっきとはちがう調子《ちょうし》で言《い》いました。

「今《いま》わたしが、その建物《たてもの》のなかにいるなんて、信《しん》じられない思《おも》いです！　しかも、その女《おんな》の子《こ》に会《あ》えたなんて！」

そして、うしろの育《いく》ちゃんのほうをほほえみながらふりむいて、

「どんな子《こ》だったのかも、ちゃんとこの目《め》で見《み》られたなんて！」

と言《い》いそえました。

「ほんと。ちょうどよかったわねえ、クリーニング屋《や》さんが届《とど》けてくれたところで」

と、晴子《はるこ》さんもふりむきながら言《い》いました。

育《いく》ちゃんの、おきまりの服《ふく》。それについて、育《いく》ちゃんのお母《かあ》さんが、かんた

んに話《はな》してくれました。それは、おばあさんが子《こ》どものときに、気《き》に入《い》って気《き》に入《い》って着《き》ていた服《ふく》だったのでした。あまり好《す》きだったから、ずっと大切《たいせつ》にしまっていたのです。自分《じぶん》の子《こ》どもが――育《いく》ちゃんのお母《かあ》さんのことですけれど――やぼったい形《かたち》だ、といって興味《きょうみ》を持《も》たなかったので、かれこれ七十年《ねん》も、しまわれたままになっていたのです。ところが最近《さいきん》、それを見《み》た孫《まご》の育《いく》ちゃんは、すっかり気《き》に入《い》ってしまったのでした。大《おお》きさもぴったりです。でも、学校《こう》にも、おでかけにも、どうも似合《にあ》わないし、そもそも、こっそり着《き》ていたいような服《ふく》なのでした。するとおばあさんが、「わたしは、このビルのなかで遊《あそ》ぶときに着《き》てたのよ。帽子《ぼうし》をかぶってね」と言《い》ったのです。そのひと言《こと》で、その服《ふく》は、この建物専用《たてものせんよう》の遊《あそ》び着《ぎ》になったのでした。こうして春休《はるやす》みじゅう、育《いく》ちゃんは思《おも》うぞんぶんその服《ふく》で遊《あそ》び、二、三日前《にちまえ》にクリーニングに出《だ》したのが、ついさっきもどってきたのです。

そんなわけで、育《いく》ちゃんは今《いま》、ぱりっときれいになった服《ふく》を着《き》て、サキと手《て》をつないでいたのでした。

晴子《はるこ》さんが、階段《かいだん》をおりながら、しみじみと言《い》いました。

「まあそもそもは、栗本《くりもと》さんが絵《え》を描《か》こうって思《おも》って、本当《ほんとう》に描《か》いたからこそ、いろんなことがはじまったのよねえ！」

するとと栗本《くりもと》さんは、

「そうかもしれませんが……でも、サキちゃんが帽子《ぼうし》をかぶって、画廊《がろう》をのぞいてくれなかったら、こんなふうにはならなかったでしょうね」

と言《い》って、うしろにいたサキにほほえみかけました。

サキは不思議《ふしぎ》でした。自分《じぶん》だけの身《み》に起《お》こり、自分《じぶん》だけの心《こころ》にしまっていた、秘密《ひみつ》のような育《いく》ちゃんとの出会《であ》いが、ぱあっとほどけて、今《いま》までは知《し》らない人《ひと》だった画家《がか》のおねえさんや、おばあさんたちや、遠《とお》いむかしの日々《ひび》へと伸《の》びて広《ひろ》がっていった感《かん》じが、不思議《ふしぎ》な夢《ゆめ》のようだったのです。そのきっかけになったのは、たしかに、帽子《ぼうし》だったのかもしれません。

育《いく》ちゃんが言《い》いました。

「あたしが作《つく》ったのに、おばあちゃんたら、自分《じぶん》が子《こ》どものときに作《つく》って、栗《くり》本《もと》さんのおばあさんにあげた帽子《ぼうし》だなんて、あんなに言《い》いはるんだもの、困《こま》っちゃったよね」

するとき晴子《はるこ》さんがふりむいて、

「ごめんね、育《いく》ちゃん。わたしも、てっきりそうだと思《おも》ったの。ま、七十年《ねん》もタンスにかかってたっていうのは、たしかに変《へん》よねえ」

とあやまりました。

そう。育《いく》ちゃんのおばあさんが、サキの帽子《ぼうし》を見《み》て、そんなふうに言《い》いはじめたとき、育《いく》ちゃんは、だんぜん抗議《こうぎ》したのでした。「糸《いと》の結《むす》び目《め》を見《み》てちょうだいよ」と言《い》って。それには、おばあさんも、首《くび》をたてにふるしかありませんでした。不承不承《ふしょうぶしょう》といった感《かん》じでしたけれど。そんなわけで、帽子《ぼうし》は、正真正銘《しょうしんしょうめい》、サキのものということになったのです。

(でも……育《いく》ちゃんはああ言《い》ったけど、帽子《ぼうし》が飛《と》んできて窓《まど》から入《はい》るものかしら、育《いく》ちゃんの部屋《へや》から……)

サキの心《こころ》のなかには、なんとなく気《き》にかかることが、まだ、いくつもあったのでした。

「そういえば」

と、晴子《はるこ》さんが思《おも》い出《だ》したように、栗本《くりもと》さんに話《はな》しかけました。

「育《いく》ちゃんのおばあさま、ゆうべからさっちゃんのことを考《かんが》えていたっておっしゃってたわねえ。不思議《ふしぎ》ねえ」

「そうそう、それこそほんとに偶然《ぐうぜん》ですよね。七十年前《ねんまえ》に遊《あそ》んだ子《こ》のことを、よりによって、ちょうどゆうべ思《おも》い出《だ》していたなんて」

ほんとにそうだ、とサキもぼんやり思《おも》いました。

四人《にん》は、やっと三階《かい》まで着《つ》き、おとなと子《こ》どもに別《わか》れました。サキと育《いく》ちゃんは、そのまま、地下《ちか》までおりていきました。

第19章　四階半《かいはん》のお芝居《しばい》

ふたりが地下《ちか》までおりていったのは、またモグラトンネルを通《とお》って屋上《おくじょう》に行《い》こうと思《おも》ったからでした。けれど、手《て》すりに手《て》をのせて、すべらせながら階段《かいだん》をおりてきたサキは、玉《たま》にたどりついたところで言《い》いました。

「育《いく》ちゃん、いつ取《と》ってくれたの？」

「なにを？」

そのまま行《い》きすぎようとしながら、育《いく》ちゃんが聞《き》きました。

「ほら、このなかの……」

「なかって？」

「だから、メモ。秘密《ひみつ》の」

育《いく》ちゃんは、きょとんとしていました。サキは、ちょっとまばたきしてから、

「……ううん、いいのなんでもない！」

と首《くび》をふり、くすっとわらいました。これまでどおり、秘密《ひみつ》のメモのことは、口《くち》にしないほうがいいのかもしれません。ところが、育《いく》ちゃんのほうが口《くち》にしたのでした。

「ねえ、秘密《ひみつ》のメモってなに？」

サキははじめて、不安《ふあん》になりました。サキは、育《いく》ちゃんの顔《かお》をうかがいながら、玉《たま》をきゅるきゅるとまわしてみせました。育《いく》ちゃんは、玉《たま》の上《うえ》におおいかぶさるようにして、サキのすることを見《み》ています。サキが、そっと玉《たま》を取《と》りはずし、なかから、たたんである花模様《はなもよう》のきれを取《と》りだすと、育《いく》ちゃんは、目《め》をまるくして、玉《たま》のぬけたあとの穴《あな》を見《み》つめました。

「ここ、取《と》れるんだあ……」

「……じゃあ育《いく》ちゃん、ほんとに知《し》らなかったのね？」

ぜんぜん、というように育《いく》ちゃんが首《くび》をふりました。心臓《しんぞう》がドキドキしました。

「それじゃ、育《いく》ちゃんじゃなかったってことなの？　このなかにメモ入《い》れたの。明日《あした》のお昼《ひる》がすんだら屋上《おくじょう》でって……。Ｉ《アイ》って書《か》いてあったから、あたし、育《いく》ちゃんのイニシャルだと思《おも》ったの」

「……あたし、そんなこと書《か》かない……」

サキは、言葉《ことば》をのみこみました。でもそれから言《い》いました。

「だけど、屋上《おくじょう》で会《あ》ったじゃない、ちゃんと。この前《まえ》」

「うん。あたし、びっくりしたの、サキちゃんがいたから。その前《まえ》の日《ひ》は会《あ》えなかったのに」

なんということでしょう。

「じゃあ、あたしの入《い》れたメモは？　あのね、あたしおとといい、ここにメモを入《い》れたの。昨日《きのう》の夕方《ゆうがた》に見《み》たときは、まだあったのに、さっき見《み》たらなくなってたから、育《いく》ちゃんが取《と》ったんだと思《おも》ったの……」

ふたりは、はりつめた顔《かお》でみつめあいました。

育《いく》ちゃんが、ハッと音《おと》をたてて息《いき》を吸《す》いこみ、

「おばあちゃんだ……！」

と、さけぶようにつぶやきました。そして、ぽんと手《て》を打《う》つと、一気《いっき》にまくしたてました。

「わかった！　おばあちゃんがさっき言《い》ったことも、あたし、わかった！　聞《き》いて聞《き》いて、あのね、ゆうべ、エレベーターが故障《こしょう》したんだって。おばあちゃんが夜《よる》おそく帰《かえ》ってきたときに言《い》ってたの。しかたないから、地下《ちか》から五階《かい》まで階段《かいだん》であがったって。そんなことしたの、何十年《なんじゅうねん》ぶりだって。でも、そのおかげで大《おお》むかしの大発見《だいはっけん》をしちゃったって言《い》って、すごくにこにこしてたの……。ねえ、サキちゃん、メモになんて書《か》いたの？」

「土曜日《どようび》には遊《あそ》ぼうねって書《か》いて、最後《さいご》にS《エス》って……」

「……それだよ！　おばあちゃん、ここ、まわしてみたんだよ！」

育《いく》ちゃんのおばあさんは、それが、七十年間《ねんかん》しまわれたままになっていた、「さっちゃん」から自分《じぶん》への秘密《ひみつ》のメモだと思《おも》ったのでしょう。

「で、今日《きょう》たまたま、栗本《くりもと》さんのおばあさんが来《き》たってこと……？」

サキがつぶやきました。

「うん。つまり、ほんとにふたりは、土曜日《どようび》に遊《あそ》ぶことになったんだ……」

育《いく》ちゃんも、ため息《いき》をつくようにつぶやきました。

サキは、七十年前《ねんまえ》の子《こ》どもたちとメモのやりとりをしたような、不思議《ふしぎ》な気《き》持《も》ちに包《つつ》まれました。

「あれ……？　このきれって……」

育《いく》ちゃんが、花模様《はなもよう》のきれと、サキの帽子《ぼうし》を見《み》くらべました。サキも、はっと思《おも》い出《だ》しました。

「あ、そうだった。ほら、あたしの帽子《ぼうし》にも、おなじきれがまじってるでしょ？」

サキは、帽子《ぼうし》を脱《ぬ》いで示《しめ》しながら、これがおばあさんたちの秘密《ひみつ》のメモ入《い》れだったのなら、おばあさんたちが言《い》いはったように、帽子《ぼうし》はやっぱり育《いく》ちゃんのおばあさんが作《つく》ったのではないだろうかと思《おも》いました。

でも育《いく》ちゃんは、ふたつを見《み》くらべながら、

「……あたしが、そんな古《ふる》いきれで、この帽子《ぼうし》を作《つく》ってたなんて、ちっとも知《し》らなかった。知《し》らないうちに、キルトらしいキルト作《づく》りをしてたんだね、あたし。だってもともと、古《ふる》いきれで作《つく》るものなんだもん、キルトって」

それを聞《き》くと、サキは、やっぱり育《いく》ちゃんが作《つく》ったのだという気《き》がしたのです。

育《いく》ちゃんが、きれを穴《あな》のなかにしまいながら言《い》いました。

「おばあちゃんたちってさ、あたしたちより、もっと楽《たの》しいことしてたんだねえ……。こんなところに秘密《ひみつ》のメモ入《い》れちゃって。そうだ、あたしたちもやらない？　でね、あたしたちのは、暗号《あんごう》にするの！」

そして目《め》をきらきらさせました。

「わ、やろうやろう！　だけど、おばあさんたちのが暗号《あんごう》じゃなくてよかった。じゃなきゃ、あのとき、屋上《おくじょう》に行《い》けなかったもん」

サキは、クスッとわらいました。

その時《とき》、ギイ、バタンと、どこかで音《おと》がしました。サキは、あわてて玉《たま》を元《もと》にもどしました。

足音《あしおと》とともにやってきたのは、モグラのおじさんでした。サキはドキドキして、育《いく》ちゃんにしがみつきました。

「おうっ！」

おじさんは、ふたりの横《よこ》をすりぬけながら声《こえ》をかけました。そして、階段《かいだん》をのぼりはじめましたが、ふと、茶色《ちゃいろ》いまるめがねをかけた顔《かお》をふたりのほうに向《む》けると、

「そうだ、四階半《かいはん》においでよ。今日《きょう》は通《とお》しの練習《れんしゅう》だから、おもしろいぞ。それにハハアって思《おも》うぜ。ね、よかったら、サキちゃんも見《み》にきなよ！」

と言《い》ったのでした。

サキは、あまり驚《おどろ》いたので、返事《へんじ》ができませんでした。

階段《かいだん》をのぼっていく足音《あしおと》が完全《かんぜん》に聞《き》こえなくなったとき、サキは胸《むね》を押《お》さえながら、やっとひと言《こと》、

「今《いま》のなんなの、いったい……？」

とつぶやきました。

育《いく》ちゃんが、ちょっぴり肩《かた》をすくめて、白状《はくじょう》するように言《い》いました。

「あのね、モグラのおじさんて、お母《かあ》さんの弟《おとうと》なの。つまり、あたしのおじさん」

「……………つまり、育《いく》ちゃん、おじさんのこと知《し》ってたってこと？　仲良《なかよ》しで、部屋《へや》に遊《あそ》びに行《い》ったりするってこと？」

「そ」

サキは、やっと大《おお》きなため息《いき》をつくと、

「あたし、あんなに不思議《ふしぎ》がって、損《そん》しちゃった！」

と言《い》って、階段《かいだん》にへなへなすわりこみました。なるほど、おじさんが、本《ほん》を積《つ》みあげて、頭《あたま》をつっこんでいることまで知《し》ってるわけでした。

「おばあちゃんが、たまに地下《ちか》までおりてくのも、そういうわけなの。おじさんに会《あ》いに」

「そっか！　おばあさんの子《こ》どもなんだ」

育《いく》ちゃんが、こくんとうなずきました。

それからふたりは、モグラトンネルはやめにして、四階半《かいはん》をめざすことにしました。「通《とお》しの練習《れんしゅう》」ということは、この前《まえ》の劇《げき》を、はじめから見《み》られるということにちがいありません。しかも窓《まど》からこそこそとではなく、なかで堂々《どうどう》とです。なんと楽《たの》しみなことでしょう。あの、おばさんと娘《むすめ》を取《と》りかこむ、どこか不思議《ふしぎ》な空気《くうき》を、もう一度見《どみ》てみたいと、あれからずっと思《おも》っていたのですから。けれど、栗本《くりもと》さんのおばあさんがした話《はなし》を思《おも》い出《だ》すと、なんだかもやもやしました。

すると育《いく》ちゃんが、

「あたしたちにのぞかれてたこと、おじさん、やっぱり気《き》づいてなかったね！　だってあたしは、もうとっくにハハアッて思《おも》ってたんだもん！」

と言《い》うのでした。

土曜《どよう》の午後《ごご》のせいか、ふだんより人影《ひとかげ》の多《おお》い建物《たてもの》のなかを、ふたりは四階半《かいはん》までのぼり、どうくつの入《い》り口《ぐち》をくぐるようにして、廊下《ろうか》の奥《おく》へと進《すす》んでいきました。劇《げき》の関係者《かんけいしゃ》らしい人《ひと》たちが、ふたりの前《まえ》をおなじところへ向《む》かって歩《ある》いていき、うしろからも、黒《くろ》ずくめの女《おんな》の人《ひと》がひとり、足早《あしばや》に近《ちか》づいてきました。

（そうか、いろんな人《ひと》たちと見《み》るんだ……）

そんなことは、とっくに知《し》っていたし、見《み》るのが楽《たの》しみでならないのに、その一方《いっぽう》でサキは、みんなで見《み》るなんて似合《にあ》わない劇《げき》なの

に……と思《おも》わずにいられないのでした。

ふたりは、樽《たる》のような扉《とびら》からなかへ入《はい》り、ばらばらに置《お》いてあるパイプ椅子《いす》にならんですわりました。おとなたちが、はつらつとした様子《ようす》で立《た》ちまわっているのを目《め》にしたとたん、サキも、すっと緊《きん》張《ちょう》しました。何人《なんにん》かが、育《いく》ちゃんに声《こえ》をかけ、ついでに「おともだち？」と、サキのほうを見《み》てにっこりしました。ひとりの女《おんな》の人《ひと》は、

「どんなにすてきなおそろいの帽《ぼう》子《し》でも、部屋《へや》のなかでは脱《ぬ》がなく

ちゃ」と、やさしく言いました。おとなばかりのなかにいても、場ちがいな感じはすこしもせず、サキはそこが好《す》きになりました。そして、さっき、ふと感《かん》じたつまらなさも、うすらいでいきました。

正面《しょうめん》の窓《まど》の向《む》こうには、庭《にわ》が広《ひろ》がり、この前《まえ》のおばさんと娘《むすめ》が、劇《げき》のはじまりを待《ま》って、うろうろしていました。ふたりとも、今日《きょう》はまたちがう服《ふく》を着《き》ています。おばさんは、青《あお》ではなく緑《みどり》のドレスを。娘《むすめ》は、刺繍《ししゅう》のある赤《あか》いスカートではなく、しま模様《もよう》のスカートでした。置《お》いてある椅子《いす》も、この前《まえ》のふわふわしたひじかけ椅子《いす》とはちがう、ごつい木《き》の椅子《いす》です。

モグラのおじさんが、紙《かみ》たばを持《も》った手《て》をあげて、

「では、そろそろ行《い》きますか」

と、声《こえ》をかけました。

こうして、アーニャという娘《むすめ》とお母《かあ》さん、ふたりだけのお芝居《しばい》がはじまり、サキは、見物人《けんぶつにん》のひとりになって、目《め》の前《まえ》のできごとに引《ひ》きこまれていったのです。

第20章　ふたりが みたもの

「アーニャ、おまえはしあわせ者《もの》だね」

育《いく》ちゃんの出《だ》す、おばさんの声《こえ》が、トンネルのなかで、わんわんとひびきました。

「え？　どうして……？」

うしろからのぼっていく、サキの声《こえ》も響《ひび》きます。

「だっておまえは、自分《じぶん》がなにをしたいか、はっきり知《し》っているじゃないか。それを知《し》っている者《もの》こそ、しあわせ者《もの》なんだよ」

「……お母《かあ》さん……！」

そしてサキと育《いく》ちゃんは、大《おお》きな声《こえ》でわらいました。ふたりは、いっしょうけんめいにモグラトンネルをのぼっているところでした。

劇《げき》を見終《みお》わったあと、また地下《ちか》までおりて、せっせとのぼりだしたのです。のぼっているあいだじゅう、ふたりは、劇《げき》のいろんな場面《ばめん》のまねをしたのです。

ひとしきりわらったあと、やっと屋上《おくじょう》のふたを持《も》ちあげ、外《そと》に出《で》ました。気持《きも》ちのいい春《はる》の風《かぜ》が、汗《あせ》ばんだ顔《かお》や腕《うで》の上《うえ》を、やさしく吹《ふ》きすぎていきます。

ふたりは、育《いく》ちゃんのお花畑《はなばたけ》の縁《ふち》に腰《こし》かけました。はじめてここに来《き》たときのように。

ひと息《いき》ついたところで、サキはたずねてみました。

「育《いく》ちゃん、また、ハハアッて思《おも》ったの？」

育《いく》ちゃんはクスッとわらって、

「うん、思《おも》ったよ。わけを話《はな》したげるね」

と答《こた》えました。そして、話《はな》しはじめました。

「このビルってすごく古《ふる》いでしょ？　だから、いろんな話《はなし》がつまってるの。むかしどんな人《ひと》が住《す》んでたとか、どの部屋《へや》でどんなことがあったとか。おばあちゃん、子《こ》どものときから、ずうっとここに住《す》んでて、もう、ここ以外《いがい》のところはどこも知《し》らないっていうくらい、ここらへんの人《ひと》なんだけどね、でも、そのかわり、ここのいろんなこと、いっぱい知《し》ってるの。おばあちゃんは自分《じぶん》では、『どうでもいいようなことばかり、どっさり知《し》ってるだけ』って言《い》うんだけど、あたしはそれを聞《き》くのが大好《だいす》きなの。お母《かあ》さんもおじさんも、そうだったみたいだし、おばあちゃんも、それを話《はな》すのが好《す》きだったんだから、つまり、だれにとっても、どうでもいいようなことじゃないってことになるよね……。

でね、そのなかに、きれいな服《ふく》を着《き》た、外国人《がいこくじん》のお母《かあ》さんと娘《むすめ》さんが住《す》んでいたっていう話《はなし》があったの。ときどき、どっちも負《ま》けずに、けんかみたいな調子《ちょうし》の外国語《がいこくご》で、ペチャクチャ言《い》いあってたんだって……。ハハア、モグラのおじさん、あの話《はなし》を劇《げき》にしたなって、あたし、この前《まえ》のぞいたときからぴんと来《き》たんだ。だって、おじさんて、劇《げき》を作《つく》るのが仕事《しごと》なんだもの。モグラモチっていうペンネームで、劇《げき》の台本《だいほん》を書《か》いたりね」

「……そうだったのか！」

育《いく》ちゃんの話《はなし》に、サキは、ほうっと安心《あんしん》のため息《いき》をつきました。栗本《くりもと》さんのおばあさんの話《はなし》となぜそっくりだったのか、これでやっとわかったのです。

育《いく》ちゃんが、遠《とお》くを見《み》ながら言《い》いました。

「あたしね、そういう話《はなし》もぜんぶひっくるめて、この建物《たてもの》がすごく好《す》きなの。ここの探検《たんけん》が好《す》きなのは、そうしてると、むかしあったことがもうすこしで見《み》えるような気《き》がしてくるからなの。実際《じっさい》には見《み》えないんだけど……。おじさんも、あたしみたいに、きっと見《み》てみたいなあって思《おも》ってたんだと思《おも》うの。だってておじさん、おとなになってからここを出《で》て、べつのところに住《す》んでたんだけど、やっぱりここが好《す》きだからってもどってきて、地下室借《ちかしつか》りて、また住《す》みはじめたくらいなんだもの。おじさんが、劇《げき》にしてくれてよかった。だって、おばあちゃんから聞《き》いたむかしの場面《ばめん》を見《み》てるみたいだったもの……っていうか、むかしのことが、そのまま、今《いま》のことになったみたいだった……」

「ほんとだね……。だって、あたしはそんなこと ちっとも知《し》らないのに、あたしまで、むかしの場面《ばめん》を見《み》てるみたいだったもの」

サキも、遠《とお》くを見《み》ながら、つぶやくように言《い》いました。でも本当《ほんとう》のことを言《い》うと、サキは、この前《まえ》はもっとずっとそうだった、と思《おも》っていたのです。さっき見《み》たのと、この前《まえ》のとは、なにかがぜんぜんちがう、と……。窓《まど》の向《む》こうの庭《にわ》だって、この前《まえ》は、ずっといきいきと明《あか》るかったのです。

——そしてさらに、サキには、ひとつ、とても気《き》になることがあったのでした。それを育《いく》ちゃんに言《い》おうか、どうしようか、サキは迷《まよ》っていました。

それは、帰《かえ》りかけたときに、ちらっと耳《みみ》にした会話《かいわ》でした。育《いく》ちゃんは、モグラのおじさんとしきりとしゃべっていたので、聞《き》いたのは、サキだけのはずでした。

——「衣装《いしょう》着《き》て練習《れんしゅう》するのって、今日《きょう》がはじめてなんだって？」「そうなのよ。椅子《いす》も、ずっとパイプ椅子《いす》使《つか》ってたし。やっぱり、衣装《いしょう》や道具《どうぐ》で、感《かん》じがぜんぜんちがう」——

そのときは、ちょっと首《くび》をかしげただけでした。この前《まえ》だって、あんなにきれいな服《ふく》を着《き》てたのに、あれは、衣装《いしょう》じゃなかったのだろうか、椅子《いす》だってずっと立派《りっぱ》だったのに、なんのことを言《い》ってるんだろうと、ぴんと来《こ》なかったのです。それがすこしずつすこしずつ、不思議《ふしぎ》な影《かげ》のように、サキの心《こころ》に広《ひろ》がってきたのでした。サキは今《いま》、ぼんやりと思《おも》いはじめていました。

（あたし、この前《まえ》、半分《はんぶん》だけ本当《ほんとう》の、お母《かあ》さんと娘《むすめ》さんを見《み》てたのかもしれない……。おばあさんたちが子《こ》どものときに見《み》た人《ひと》たちを……。外国人《がいこくじん》じゃなかったし、言葉《ことば》だって日本語《にほんご》だったけど、それでも半分《はんぶん》は、本物《ほんもの》の人《ひと》たちみたいだった……）

サキは、バルコニーにしゃがんでなかをのぞいていたときの、きみょうな感《かん》じを忘《わす》れることができませんでした。なぜ、あのときはあんなふうに感《かん》じたんだろう……なぜ、着《き》ていないはずの服《ふく》や、ないはずの椅子《いす》が見《み》えたんだろう、まぼろしのような光景《こうけい》が……。

（……あ、帽子《ぼうし》……）

サキは、はっとしました。あんなふうに見《み》えたのは、帽子《ぼうし》をかぶっていたせいかもしれないと、気《き》づいたのでした。さっきは、女《おんな》の人《ひと》に注意《ちゅうい》されて、あわ

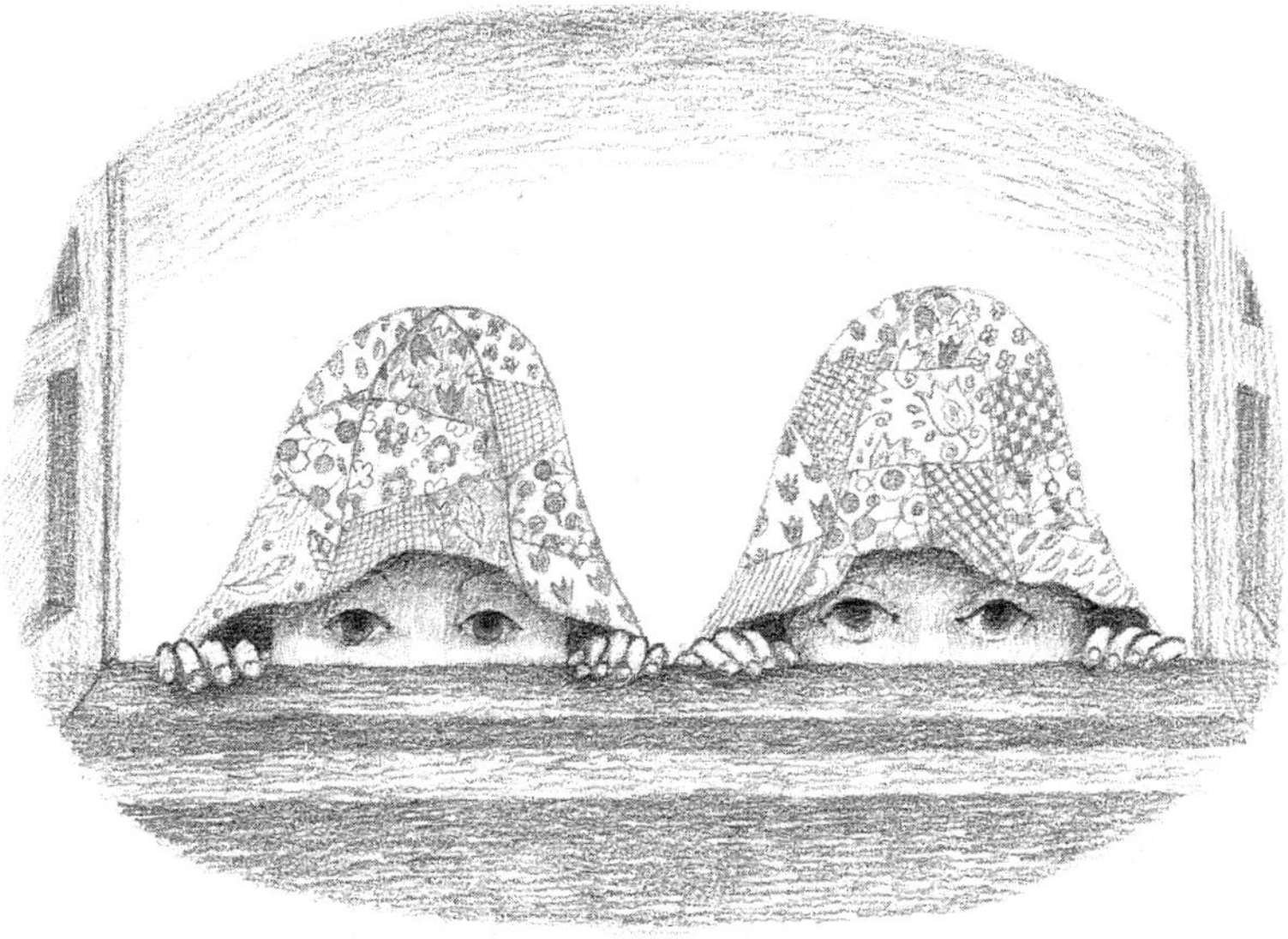

てて帽子《ぼうし》を脱《ぬ》いだのでした。

（……わかった。これやっぱり、栗本《くりもと》さんのおばあさんの帽子《ぼうし》だったんだ……。育《いく》ちゃんが古《ふる》いきれで作《つく》ったんじゃなくて……。だからむかしの景色《けしき》が見《み》えたんだ……）

そうだとすると、青《あお》いドレスも赤《あか》いスカートも、サキの目《め》にしか映《うつ》らなかったということです。自分《じぶん》で作《つく》った帽子《ぼうし》をかぶっている育《いく》ちゃんには、あのとき、パイプの椅子《いす》とT《ティー》シャツを着《き》たふたりが見《み》えていたにちがいありません。

――それなら、育《いく》ちゃんには、あのときのことは、だまっていよう……。

たったひとりで不思議《ふしぎ》なものを見《み》たのだと思《おも》うと、サキは、ふっとさびしくなりました。

すると育《いく》ちゃんが、ほおづえをつきながら、ぼんやりした声《こえ》で話《はな》しだしたのでした。

「おじさんたら、変《へん》なんだよ……。アーニャのスカート、しま模様《もよう》より、刺《し》繍《しゅう》のついた赤《あか》いほうがいいんじゃないのって、あたしが言《い》ったら、ケラケラわらって、いいかもしれないけど、そんなスカートないものって言《い》うの。あるでしょって言《い》ったら、どうしてって言《い》うから、もうすこしのところで、この前着《まえき》てたのちゃんと見《み》たよって言《い》いそうになっちゃった。のぞき見《み》したこと、ないしょだから、言《い》えなくてくやしかったけど、そんなうそつくことないのにね。あのときは、ほんのちょっとしか見《み》られなかったから、今日《きょう》のほうが、劇《げき》はおもしろかったけど、でも、あっちのほうが、ずっといい雰囲気《ふんいき》だった気《き》がするの。サキちゃん、どっちがいいと思《おも》った？」

そして育《いく》ちゃんは、サキを、ちろんとした目《め》で見《み》たのでした。

「……じゃ、育《いく》ちゃんも見《み》たの？　赤《あか》いスカート。ふわふわの椅子《いす》とか……」

「サキちゃんだって見《み》たじゃない」

サキは、思《おも》わず育《いく》ちゃんの手《て》をとると、しっかりにぎりました。そして、さっき耳《みみ》にした話《はなし》を伝《つた》えたのです。

第21章　わたしたちの帽子《ぼうし》

　話《はなし》を聞《き》き終《お》えた育《いく》ちゃんが、サキの手《て》をにぎり返《かえ》しながら言《い》いました。
「ほんと言《い》うとね、あたしもこの前《まえ》、そんな感《かん》じがしたの。いつもあのバルコニーからのぞくときと、なんかちがって、ほんとの場面《ばめん》見《み》てるみたいだったの……」
　育《いく》ちゃんは、目《め》をかがやかせ、息《いき》をするような、ささやき声《ごえ》で、言《い》いました。
「ねえ、サキちゃんとあたしが、おそろいの帽子《ぼうし》かぶって、いっしょにのぞいたからだと思《おも》わない？　遊《あそ》んでるうちに、いつのまにかあたしたち、むかしむかし、このビルのなかで遊《あそ》んでた、帽子《ぼうし》の女《おんな》の子《こ》たちと、だぶってしまったんじゃない？　つまり、おばあちゃんたちが、子《こ》どもだったときと……」

その言葉《ことば》は、サキの心《こころ》を、しずかなよろこびで満《み》たしました。ふたりで、おなじものを見《み》たというよろこび。不思議《ふしぎ》なことも、ふたりいっしょなら、なんて、きらきらぞくぞくするのでしょう。ふたりで帽子《ぼうし》をかぶったことが、きっとだいじだったのです。どちらの育《いく》ちゃんが作《つく》ったか、ではなく。

「あ、あたし、今《いま》やっとわかった」

育《いく》ちゃんが、ふいにつぶやきました。

「ね、この前《まえ》、『猫《ねこ》の事務所《じむしょ》』見《み》たでしょ？　おじさんたち、そでに黒《くろ》いカバーしてたでしょ？　パソコンなんか、見《み》えなかったでしょ？　あたし、変《へん》だなあって思《おも》ったの。だっていつもは、みんなパソコンに向《む》かってるし、机《つくえ》なんか灰色《はいいろ》のスチールのだし、あんな、引《ひ》き出《だ》しがいっぱいついた木《き》のたななんか、ないんだもの……」

サキも驚《おどろ》きました。なるほど、あの事務所《じむしょ》のおじさんたちが、むかしの日本《にほん》映画《えいが》に出《で》てくるような事務員《じむいん》に見《み》えたわけでした。

すこしのあいだ、しずかな時間《じかん》が流《なが》れました。

「おばあちゃんたちも、『猫《ねこ》の事務所《じむしょ》』、ああやって、のぞいてたってことだね。そのころは、ぜんぶ漢字《かんじ》の『猫野事務所《ねこのじむしょ》』だっただろうけどさ……。本当《ほんとう》に、おばあちゃんたちも、女《おんな》の子《こ》たちだったんだね、あたしたちみたいな」

育《いく》ちゃんがしみじみと言《い》いました。

サキの目《め》に、遠《とお》い時間《じかん》のかなたにいる、ふたりの女《おんな》の子《こ》のことが浮《う》かびあがりました。それはやがて、緑《みどり》と茶色《ちゃいろ》の森《もり》のなかから現《あらわ》れてきたような、ぼんやりかがやく、女《おんな》の子《こ》の姿《すがた》とかさなったのでした。

サキは、はっと思《おも》いだしました。

「育《いく》ちゃん、晴子《はるこ》さんの画廊《がろう》に行《い》ってみない？　あたしさっきまで、絵《え》を掛《か》けるお手伝《てつだ》いしてたの。それに、栗本《くりもと》さんの絵《え》、育《いく》ちゃんにも早《はや》く見《み》てもらいたい！　きっとびっくりするよ」

サキは、この建物《たてもの》のなかとおなじ空気《くうき》がただよっている、栗本《くりもと》さんの絵《え》のことを話《はな》しました。そして、森《もり》のなかから浮《う》かびあがってきたような、帽子《ぼうし》をかぶったふたりの少女《しょうじょ》のいる絵《え》のことを。

「へえ……」

育《いく》ちゃんは、アーモンドのような目《め》をくりくりさせました。

「それって、あたしたちのことだね。あたしたちって、つまり、栗本《くりもと》さんのおばあさんと、おばあちゃんと、サキちゃんと、あたし」

「それにね、青《あお》い小鳥《ことり》もいたんだよ、チルルみたいな……」

すると育《いく》ちゃんは、驚《おどろ》いたように、

「……へえ！」

と言《い》って、口《くち》をつぐみました。

でもそれからぐっと、顔《かお》をあげ空《そら》をあおぐようにして、意外《いがい》なことを言《い》ったのでした。

「へえ！　あたしも、栗本《くりもと》さんみたいにやりたいなあ」

「栗本《くりもと》さんみたいにって……？」

育《いく》ちゃんは、しっかりした目《め》でサキを見《み》つめて、いいました。

「あたし、大《おお》きくなったら、キルト作家《さっか》になって、展覧会《てんらんかい》をしようと思《おも》ってるの。おばあちゃんやお母《かあ》さんみたいに、うちの展示室《てんじしつ》で。ほら、あたしたちが最初《さいしょ》に会《あ》った白《しろ》い部屋《へや》ね？　あの日《ひ》は、物《もの》をどけてお掃除《そうじ》してる途中《とちゅう》だったから、がらんとしてたけど、あそこがそうなの。でね、あたし、この前劇《まえげき》を見《み》たあと、ここであった、いろんなことをキルトにぬいこむのっていいかもしれないって思《おも》ったの。おじさんのまねだけどもさ。でも今《いま》、青《あお》い小鳥《ことり》のこと聞《き》いたら、そっちのほうが、もっと楽《たの》しいって思《おも》っちゃった。つまりさ、あったらいいなってことやなんかも、想像《そうぞう》してふやしてくの。だって、おばあちゃんが、青《あお》い小鳥《ことり》のことを話《はな》すのって聞《き》いたことないもの。なのに、栗本《くりもと》さんは描《か》いたんでしょう？　まるでチルルのこと、知《し》ってたみたいに！　ね、すごく不思議《ふしぎ》だと思《おも》わない？　だって、チルルが、サキちゃんを連《つ》れてきてくれたんじゃない！　あたし、そういうふうに作《つく》ってみたい」

育《いく》ちゃんが、夢中《むちゅう》で話《はな》す言葉《ことば》を聞《き》いているうちに、サキは、これまでの古《ふる》い不思議《ふしぎ》な時間《じかん》が、これから来《く》るあたらしい時間《じかん》のほうに向《む》かってずうっと伸《の》びていくような感《かん》じを覚《おぼ》えたのでした。

サキは、深《ふか》い息《いき》をつくと、思《おも》わず言《い》いました。劇《げき》のまねをして。

「育《いく》ちゃんてしあわせ者《もの》だねえ……なにをしたいか、はっきり知《し》ってるんだもん」

育《いく》ちゃんは、ケラケラわらって、

「うん！」

とうなずきました。

サキは、ぱっと立《た》ちあがると、きっぱり言《い》いました。

「でもあたしだってしあわせ者《もの》だよ。育《いく》ちゃんといっしょに、まず栗本《くりもと》さんとこに行《い》って、それからうちで、チルルと遊《あそ》びたいって、ちゃんと知《し》ってるもの！」

「わあい、あたしもずっと遊《あそ》びたかったの！」

育《いく》ちゃんは手《て》をたたき、とびあがりました。

サキは、心《こころ》のなかで、もうとっくにしあわせな思《おも》いをかみしめていました。

だって、自分《じぶん》が、ずうっと眠《ねむ》っていたむかし話《ばなし》をゆさぶって、目《め》を覚《さ》まさせたのですから。ふたりで遊《あそ》ぶうちに、むかし話《ばなし》は今《いま》の話《はなし》になって、すこしずつ前《まえ》に進《すす》んでいくでしょう。自分《じぶん》がそこにいるなんて。

こうして、帽子《ぼうし》をかぶったふたりの女《おんな》の子《こ》は、春風《はるかぜ》の吹《ふ》く午後《ごご》の屋上《おくじょう》をかけぬけ、明《あか》るいらせん階段《かいだん》をかけおり、手品師《てじなし》の絵《え》から出《で》てくると、暗《くら》いビルのなかを、かけていったのです。むかし、女《おんな》の子《こ》たちが、歌《うた》っていたのとおなじ歌《うた》を歌《うた》いながら。

ぱたぽんぱたぽん　わたしのぼうし
ぱたぽんぱたぽん　あなたのぼうし
お花《はな》がさいてる　はっぱがゆれてる
わたしたちのぼうし　ぱたぽんぽん……

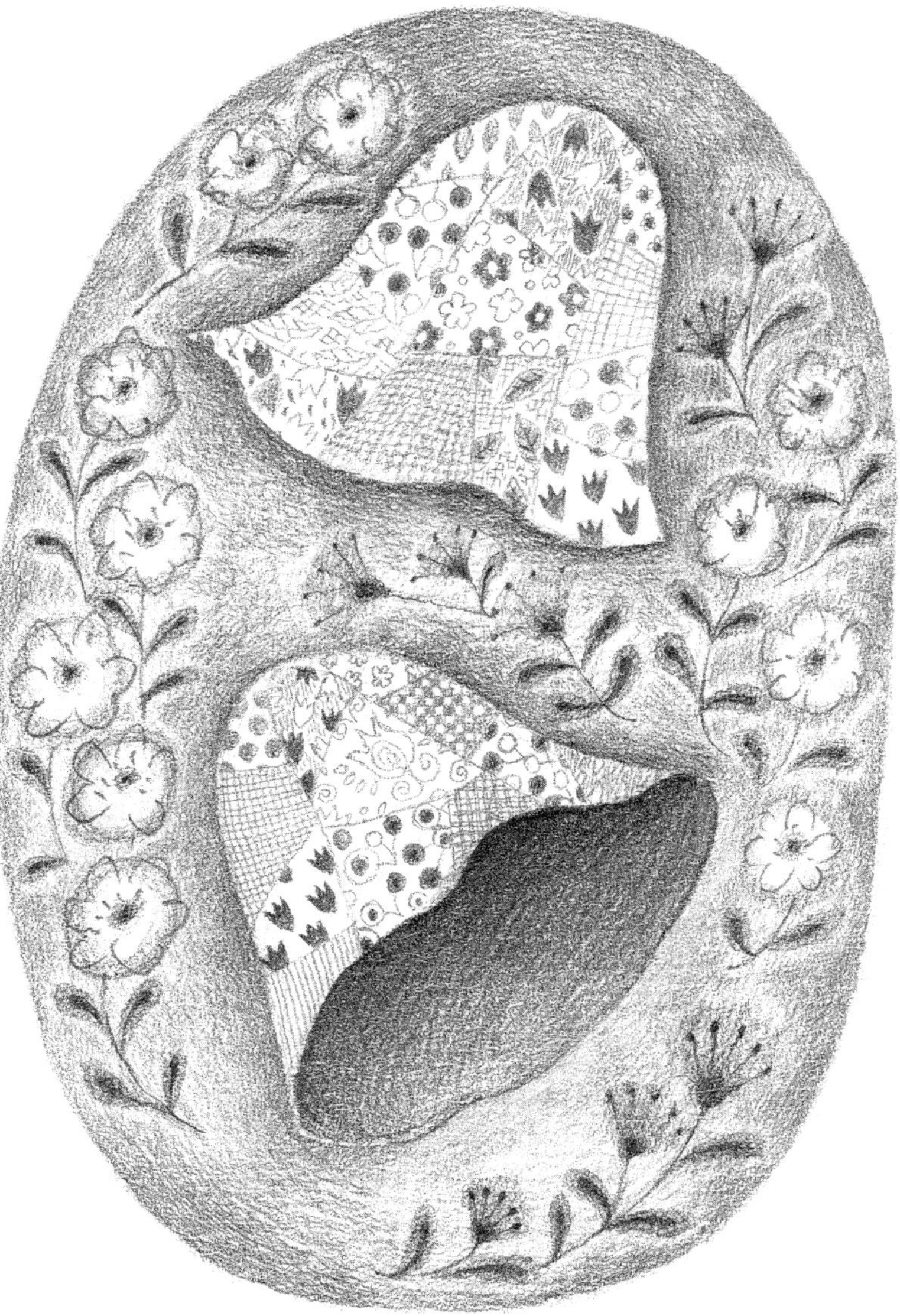

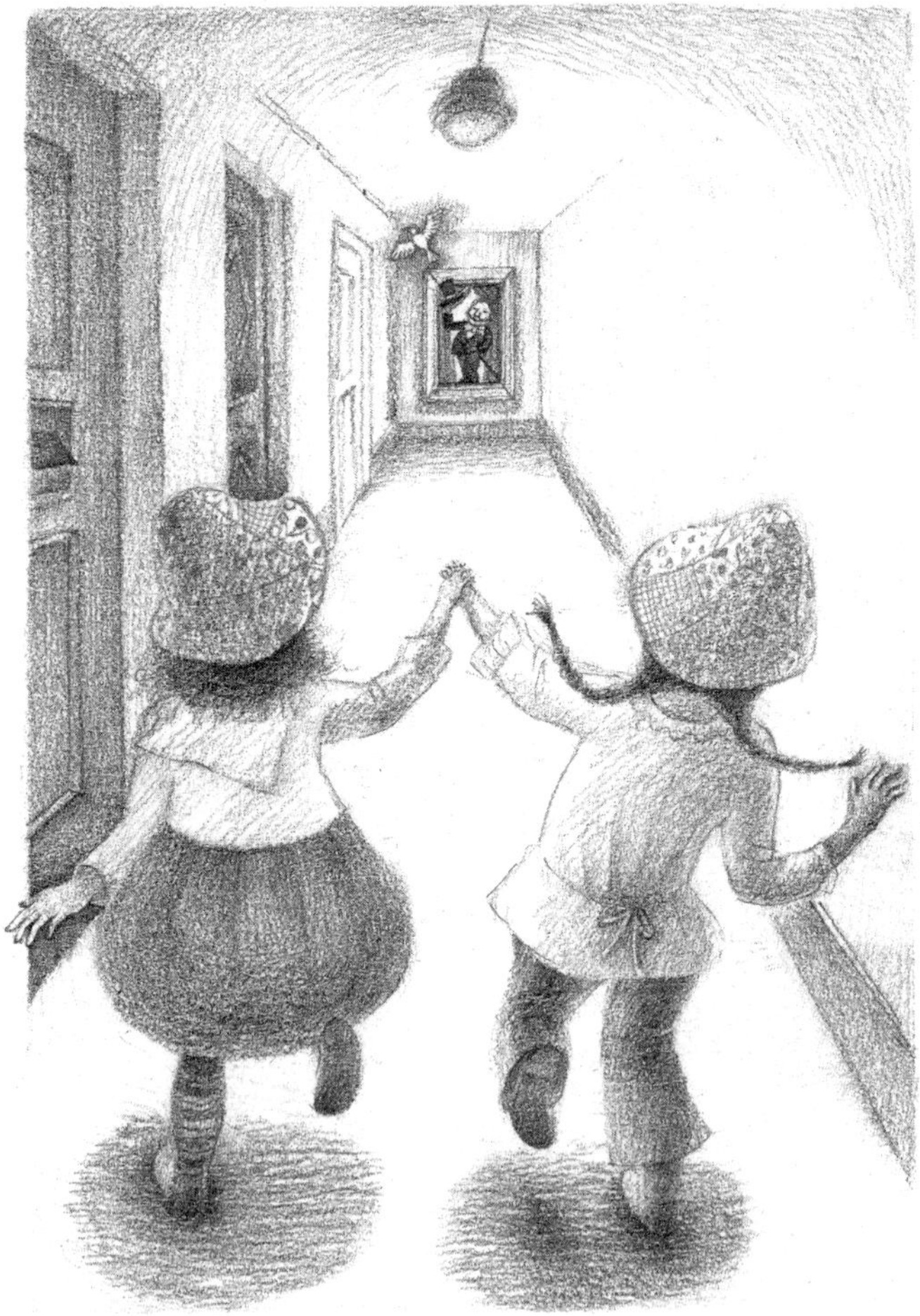

高楼 方子《たかどの ほうこ》
北海道函館市生まれ、札幌市在住。『へんてこもりにいこうよ』（偕成社）・『いたずらおばあさん』（フレーベル館）にて第18回路傍の石幼少年文学賞、『十一月の扉』（リブリオ出版、現在は福音館書店より発行）で第47回産経児童出版文化賞フジテレビ賞、『おともださにナリマ小』（フレーベル館）で第53回産経児童出版文化賞、『わたし、パリにいったの』（のら書店）にて第59回野間児童文芸賞受賞。
本書（2005年初版）は第36回赤い鳥文学賞、第55回小学館児童出版文化賞受賞。
近年の作品に、長編『黄色い夏の日』（福音館書店）、絵童話『ピースケのいえで』（童心社）などがある。

出久根 育《でくね いく》
東京都生まれ、チェコ共和国プラハ市在住。『あめふらし』（パロル舎、現在は偕成社より発行）で2003年ブラチスラバ世界絵本原画展にてグランプリを受賞。『マーシャと白い鳥』（偕成社）にて第11回日本絵本賞大賞、『もりのおとぶくろ』（のら書店）にて第58回産経児童出版文化賞ニッポン放送賞、『川まつりの夜』（フレーベル館）にて第70回産経児童出版文化賞美術賞を受賞する。

わたしたちの
帽子

作 高楼 方子
絵 出久根 育

2005 年 1 月　初版第 1 刷発行
2024 年 1 月　新装版第 1 刷発行

発行者…………吉川隆樹
発行所…………株式会社フレーベル館
〒113-8611　東京都文京区本駒込 6-14-9
電話　営業 03-5395-6613　編集 03-5395-6605
振替　00190-2-19640

印刷所…………株式会社リーブルテック
P216　21×16cm　NDC913　ISBN978-4-577-05247-1

Printed in Japan
乱丁・落丁本はおとりかえいたします。
フレーベル館出版サイト　https://book.froebel-kan.co.jp

表紙デザイン…………椎名麻美

EX LIBRIS